KB072898

빠라끌리또
paráclito

빠라끌리또 6

가프 장편 소설

초판 1쇄 찍은 날 § 2016년 4월 7일
초판 1쇄 펴낸 날 § 2016년 4월 15일

지은이 § 가프
펴낸이 § 서경석

편집책임 § 조현우
편집 § 한준만

펴낸곳 § 도서출판 청어람
등록번호 § 제387-1999-000006호
등록일자 § 1999. 5. 31
어람번호 § 제1-2398호

주소 § 경기도 부천시 원미구 부일로 483번길 40 서경B/D 3F (우) 14640
전화 § 032-656-4452 팩스 § 032-656-4453
http://www.chungeoram.com
E-mail § chungeorambook@daum.net

ISBN 979-11-04-90738-8 04810
ISBN 979-11-04-90549-0 (세트)

paráclito

빠라끌리또

6 가프 장편 소설

paráclito
빠라끌리또

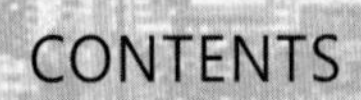

CONTENTS

1장

완벽하면, 의심하라

첫출발은 좋았다.

뒤를 이은 부검도 승우가 생각하던 바를 뒷받침해 주었다. 뱃머리에서 빠진 세 사람의 과학적 사인은 익사와 심장마비. 몸에서 어떤 위해나 폭행의 흔적도 나오지 않았다. 장율의 가해를 의심할 여지가 없었다.

유물선에 대한 건 그냥 덮어두기로 했다. 다행히 그 부분에 대한 장율의 진술이 없었다. 시간이 지나면 소문이 돌지도 모르지만 세 사람이나 죽은 일. 누군가 다시 유물 조각을 우연히 건져 낸다고 해도 쉽게 접근하지는 못할 일이었다.

승우는 세미에게 감사 편지를 받았다. 손으로 꾹꾹 눌러쓴 글씨였다. 다행스러운 건 친구였던 김대훈의 딸과도 화해가 되어 같이 다닌단다.

승우는 나수미에게 부탁해 인형 두 개를 답장과 함께 보냈다. 친구와의 화해를 축하하는 선물이었다.

재미난 소식은 또 있었다.

그 굿 이후로 무당의 집이 문전성시를 이룬다는 것. 승우는 그냥 웃었다. 그건 무당의 실력이 아니었다. 만약 무당이 주제를 모르고 설친다면, 머잖아 사기죄로 검찰에서 보게 될지도 모를 일이었다.

다만 부작용이 따라왔다.

차도형이었다.

첫날 출장은 몰라도 둘째 날은 행사가 있었던 모양이었다. 그런데 출장이 예정보다 길어졌다. 차도형은 차마 개인 사정을 말하지 못한 것이다.

승우는 차도형 편에도 상품권 두 장을 딸려 보냈다. 해묵은 수사 수첩을 뒤지던 중에 나온 거였다. 빠라끌리또들의 잔해가 더 있나 뒤져 봤지만 더는 나오지 않았다. 승우가 보낸 상품권을 받은 사모님(?)은 대충 화를 풀었다고 한다.

아, 역시 쩐의 힘이란…….

"이제부터 지방 출장에서 기혼자는 빼야겠어요."

다음 날 승우가 농담을 던졌다. 그러자 당장 귀여운 반발이 이어졌다.

"에? 그럼 저하고 나수미 씨만 굴려 먹으시려고요?"

권오길이었다. 누군가에게 좋은 일은 또 다른 누군가에게는 불행이 될 수도 있다. 부하들을 다루는 것도 쉬운 일은 아닌 모양이었다.

"자자, 다들 모여 보자고!"

이슬비가 그친 오후, 두 번째 공식 업무를 위해 유 계장이 나섰다. 그사이에 쌓인 사건 서류는 한 박스에 가까웠다. 다행히 해박한 유 계장이 상당수는 관할 경찰서로 이첩해 업무를 거른 상태였다.

"뭐 볼 거 있나? 이번에는 나수미 씨가 찜한 게 있다며?"

석 반장이 막걸리처럼 털털한 목소리로 말했다.

"나수미 씨?"

승우의 시선이 나수미를 향했다.

"그게 아니고, 그냥… 염통 찡한 사건이 있어서요."

"개요!"

"요즘 3포, 5포도 모자라 7포 세대라잖아요? 저야 운이 좋아서 검찰 공무원 시험에 합격했지만……."

"그게 운이야? 실력이지. 게다가 나수미 씨 38명 뽑는데 3등이었다며?"

권오길이 볼멘소리를 냈다.

"아무튼 아직도 취직 못 한 친구나 후배들 말 들으니 정규직 취업이 진짜 어렵긴 하더라고요. 그런데 이 사건……."

나수미가 서류 한 장을 빼 들었다.

그녀가 뽑아낸 서류의 제목은 '무너진 첫 출근의 꿈'. 정식 사건명은 '취업 예정 여대생 살인 사건'이었다.

"읽다가 안타까워서 눈물이 나왔어요. 빵빵한 공기업 출근을 이틀 앞두고 축하 쫑파티 후에 죽었다니… 더구나 같은 과 예비역 남학생에게……."

설명하는 나수미의 손이 파르르 떨었다.

대학 졸업반 여대생!

유수의 공기업에 출근 예정이었다. 출근을 이틀 앞둔 쫑파티 후에 인근 배수로에서 싸늘한 시신으로 발견되었다. 희망찬 첫출발… 그 새 출발이 저세상으로 옮아간 것이다.

"하도 딱하고 화가 나서 자세히 짚어봤는데… 범인도 좀 딱한 거예요. 형 집행이 확정된 이 살인자, 최근 들어 교도소에서 세 번이나 자해를 했다네요."

"세 번이나?"

승우가 물었다.

"두 번은 혀를 물었고, 또 한 번은 내의로 줄을 만들어 목을 매달았대요."

"왜?"

"뭐 자기가 범인이 아니라는 거죠. 게다가 교도소 사무관을 협박하는 소동을 벌이기도 했고요."

"사무관까지?"

"칫솔을 갈아 그걸로 위협을 했다고……."

"정신 상태는?"

이번에는 유 계장이다.

"얌전하다가도 밤이면 좀 사나워져서 소동을 일으킨다는데, 정신감정은 이상 없고 수형 생활에도 큰 문제가 없대요. 그래서… 처음에는 이 사람, 진짜 막가는 인생이구나 하고 비웃었는데 몇 번이나 그런 소동을 들으니 고개가 갸웃해지더라고요. 그래서 농담 삼아 석 반장님에게 얘기했던 거예요. 이것도 딱 송 검사님 스타일이라고."

"허허, 내 생각도 그랬다오."

석 반장이 웃었다.

"뿐만 아니라 그 교도소에서 같이 실형을 살다 나온 오동구라는 사람이 청와대하고 법무부 등에 구제 탄원도 올렸어요. 그러니 피살자도 안타깝고, 범인도 안타깝잖아요. 이거야말로 우리 팀이 재조사를 할 만하지 않은가……."

나수미의 설명은 그렇게 끝났다.

"어이구! 우리 검사님, 지방 다녀오신지 얼마나 됐다고 교도소 가서 푸닥거리하시게 생겼네. 돼지머리 챙겨둘까요? 스마일 잘하는 놈으로?"

듣고 있던 유 계장이 농담을 버무려 모두의 긴장을 풀어주었다.

무너진 첫 출근의 꿈.

취업예정 여대생의 피살…….

이미 법원에서 무기징역으로 확정판결 종결이 된 사건.

가해자는 같은 학과 예비역 남학생.

기록을 보니 법정에서 피고의 적극적 방어도 없었던 일.

그런데 왜?

이제 와서 자해와 자살 시도까지 하며 결백을?

"제 생각에는 오랜 수감 생활에 적응을 못 해 맛이 좀 간 친구 같은데, 내키지 않으시면 다른 걸로 바꾸죠? 어차피 사건은 잔뜩 줄을 서 있습니다."

유 계장이 두툼한 서류를 흔들었다.

승우는 생각에 잠겼다.

자살 세 번에 인질극 한 번!

아직 젊은 수형자, 수감 생활에 스트레스를 받을 수도 있었다. 그러나 그 강도가 너무 지나쳤다.

거기에 출소한 교도소 동기의 탄원.

이것도 흔한 일은 아니었다.

"이번에는 나수미 씨 촉을 믿어보겠습니다."

승우는 마음을 정했다.

피살자 : 최은영

나이 : 당 22세.

직업 : 지방 공대 환경공학과 졸업반 대학생

피살장소 : 도로변 150미터 뒤의 수로변.

발견당시 : 목의 시반, 등의 찰과상 그 밖의 저항으로 인한 상처.

직접사인 : 경부 직접 압박에 의한 질식사.

사망시간: 0000년 0월 0일 새벽 1—3시 사망 추정(사체에서 알코올 검출)

특징: 피살자의 불끈 쥔 주먹.

피의자 : 문상근(24세).

최종판결 : 1심 사형, 2심 무기징역 판결로 종결.

최은영, 전통 있는 지방 공대 환경공학과의 졸업반이었다. 성적은 4.5점 만점에 3.8, 최근 들어 대학 성적이 뻥튀기를 이루고 있으니 재원까지는 좀 그랬지만 나쁘지는 않았다.

환경공학의 권위자인 교수 기철균의 추천으로 환경 평가를 주로 하는 공기업 지역 본부에 합격, 출근 이틀을 앞두고 날

벼락을 맞았다.

당시 피살자는 취업 축하 파티에 참석해 있었다. 이날 참석자는 모두 여덟 명. 남학생이 둘에, 여자가 여섯이었다. 술병이 비어 나가며 술자리는 새벽까지 이어졌다.

최은영은 술이 취한 채 집으로 돌아갔다. 자취하던 원룸이 그리 멀지 않아 택시는 타지 않았다.

집까지의 거리는 약 1㎞ 남짓. 젊은 최은영이 충분히 걸어갈 만한 자리였다. 비는 오락가락하던 중이었다. 최은영의 손에는 첫 출근 때 입을 정장과 새 구두 쇼핑백이 들려 있었다. 조금 취했지만 젖을 새라 소중하게 안고 멀어졌다.

이후에 친구들은 뿔뿔이 흩어졌다. 친구들이 기억하는 한, 최은영의 기분은 좋았다. 비는 조금씩 거세지더니 밤새도록 내렸다.

비가 멎은 다음 날, 그녀를 처음 본 건 미용실에 함께 가려고 집으로 찾아온 친구가 아니라 배수로 정비를 하려고 나온 농부였다. 멀찌감치 느릅나무가 우뚝 자리하고 펼쳐지는 농로. 거기서 논 쪽으로 바짝 치고 들어온 'ㄴ' 자 형태의 배수로가 보였다.

이곳에는 비가 오면 온갖 찌꺼기들이 밀려들어 여기저기 쌓이는 경우가 많았다. 그날따라 걸린 잡동사니가 많았던 농부는 치워도 치워도 끝이 없는 무더기에 짜증이 밀려왔다.

"이제는 이불까지 내다버리나?"

배수구에 걸린 덩어리를 삽으로 밀려던 농부, 그대로 엉덩방아를 찧고 말았다. 시신이었다, 여자였다.

안타깝게도 여자의 시신 머리는 내일 출근할 회사가 있는 쪽을 향해 숨져 있었다.

"거기 누구 없소?"

농부의 비명은 그렇게 터져 나왔다. 경찰이 출동하고, 수사가 시작되었다.

최은영의 사망 시각은 파티가 파한 후 1~3시간 이내로 분석되었다. 이유는 알코올 농도 때문. 죽은 사람은 알코올을 분해하지 못하는 것이다. 특이한 건 손이었다. 뭔가를 움켜쥐려고 한 건지 둘 다 꽉 쥔 상태였던 것.

술자리에 참석했던 친구들을 위시해 주변 우범자들, 동일 전과자들을 체크해 나갔다. 제1 용의자는 문상근이었다. 군대를 제대하고 같은 졸업반이던 이 친구, 최은영과 감정이 있었다.

화장실의 악연이었다.

과 행사를 마친 어느 밤, 캠퍼스에서 후배들과 술을 마신 문상근, 혼자 자취를 하다 보니 하루 종일 빈속인 날이었다. 취기로 비틀거리며 화장실 문을 열었다. 공교롭게도 여자 화장실이었다. 하필이면 그 안에 최은영이 있었다.

"까악!"

비명이 터지자 여학생들이 달려왔다.

'성추행범!'

문상근에게 낙인이 찍혔다. 아니라고 둘러댔지만 믿는 사람이 없었다. 술이 웬수였다. 술 깬 후에 최은영을 찾아가 사과했다. 사과는 '그저 그렇게' 받아들여졌다. 이후로 둘은 서로 불편한 관계가 되었다. 문상근은 군대에서 끊었던 담배를 다시 피우게 되었다.

문상근이 제1 용의자가 된 건 비단 이 이유만은 아니었다.

경찰은 증거로 말한다.

1) 시신 조사 중에 피살자의 손톱 아래에서 미량의 혈흔이 나왔다. 분석결과 Y 염색체를 포함하고 있었다.

2) 피살현장 근처에서 문상근이 버린 담배꽁초 나옴.

3) 피살자는 축하 파티 도중 많은 통화와 문자, 카카오톡을 했다. 그중 하나가 문상근 집 인근의 공중전화였다. 통화 시간은 14초. 공중전화 부스 근처에서 나온 183개의 담배꽁초와 26개의 자판기 컵, 수십 개의 음료 깡통 등이 나왔다. 그중 한 담배꽁초에서 문상근의 타액 발견.

4) 알리바이 없음.

5) 피살자와 앙금이 있는 사이.

결정적인 건 담배꽁초였다. 범행과 관련된 두 곳에서 다 나온 것. 피살자의 손톱에서 채취한 미량의 혈흔과 대조한 결과 Y염색체 11개 유전자좌가 일치한다는 결과가 나왔다. 경찰은 이를 유력한 증거의 하나로 삼았다.

나아가 문상근은 자신이 그곳에 간 적이 없다고 항변했지만 알리바이를 입증하지 못했다. 그 자신의 주장으로는 알바가 끝난 후에 술에 취해 자취방에서 잠들었다는 것.

경찰이 그 말을 믿을 리 없었다. 여기에 더해 문상근은 고아여서 평판이 나쁘게 나왔다. 결국 문상근은 범인으로 체포되었다.

사건을 이첩 받은 검사는 그에게 살인죄를 적용하여 기소했다. 살인 동기가 인정된 것이다. 1심에서 증거능력이 인정되어 사형이 선고되었다.

당시 문상근의 변호사는 국선 변호인. 피의자가 자포자기한 패닉 상태였으므로 형식상 항소를 했다. 고법에서 사형에서 무기징역으로 감형되자 그걸로 변론을 끝냈다.

사건은 그렇게 종결되었다.

그런데 수사 과정에서 의문이 하나 체크되어 있었다. 최은영에 관한 것이었다.

수사를 하던 경찰은 고개를 갸우뚱거렸다. 그녀가 합격한 공기업에서 채용 사실이 없다는 걸 알게 된 것이다. 추천 교수로 알려진 기철균 교수도 금시초문이라며 부인했다. 그는 대통령 과학위원회 부위원장까지 맡은 환경공학계의 거물. 그러나 예전 같지 않아서 국가 공기업에 교수추천 제도가 사라졌다고 잘라 말했다.

하지만 최은영은 분명 공언을 했다. 옷도 사고 구두도 사고 파티도 했다. 아울러 그녀의 컴퓨터를 분석해 보니 몇 가지 관련 검색어도 나왔었다.

—첫 출근 복장!

—정장에 어울리는 구두!

이 두 가지는 분명 출근을 앞둔 여대생이 찾아볼 만한 단어였다. 그런데, 그런 일이 없다니? 혹시 그녀, 괜한 자존심 때문에 취업했다고 거짓말을 했던 걸까?

거짓말이 거짓말을 낳아 비극을 부른 걸까?

수사 업무 분장은 유 계장이 맡았다.

당시 수사경찰들은 진술 점검은 석 반장에게 넘겼고 피살자에 대한 조사는 나수미, 기타 주변 인물 재조사는 차도형, 그 밖의 부검이나 증거물 자료 분석은 권오길이 맡았다.

"아, 그런데 말이야……."

분장이 끝날 무렵, 승우가 뭔가 생각난 듯 서류를 넘겼다.

"뭐 빠진 게 있습니까?"

차도형이 고개를 들었다.

"그 새 옷하고 구두… 거기에 대한 언급이 없네?"

"그게, 당시 발견이 안 되어 배수로를 따라 멀리 떠내려간 것으로 판단한 모양입니다. 아니면 새 것이라 그 중간에 누가 주워갔든지……."

유 계장이 부연을 했다.

"그래요?"

승우는 쓴 입맛을 다셨다. 하긴, 발견되었더라도 마음만 아팠을 일이기는 했다.

"그럼 피살자가 거짓말을 했던 걸까? 특채 말이야?"

유 계장이 다시 물었다.

"수사 기록에 몇 자 나오던데 동기들 중에는 쓸데없이 자존심만 대박이라느니, 들통 나서 쪽팔릴까 봐 자살한 거 아니냐는 말도 있었다네요."

"평소 행실은 어떻다고 나왔어?"

"조용하고 차분하다는 평판이었나 봐요."

"거 참 난해하네. 취업 자체가 거짓말이었다면, 그게 죽음을 자초했을 수도 있지. 거짓말이 거짓말을 낳고… 결국 옷도 사고 구두도 사고 축하 파티도 하고… 그러다 보니 범인의 시기심을 촉발해서 욱 하는 마음을 불러 일으켰을 수도?"

"평판이야 알 수 없는 거지요. 겉 다르고 속 다른 사람이 지천이니……."

석 반장이 둘의 대화에 묵직한 저음을 끼워 넣었다.

"오케이! 입으로 수사를 끝낼 수는 없는 일이니 일단 오동구 불러서 서전을 장식하자고!"

유 계장은 바로 본론으로 진입했다.

물이다. 인간의 목숨은 물 지향성 회귀 본능이라도 있는 걸까? 많은 살인 사건들에 겹치는 장소가 바로 배수로나 하천, 웅덩이 등이었다. 그중에서도 특히 농로와 배수로가 단골로 끼었다.

대개의 농로와 배수로는 한적하다. 폭이 좁아 물놀이의 대상도 되지 못한다. 그렇기에 스산한 분위기를 풍기기도 했다.

유 계장이 오동구를 만나는 동안 승우는 책상에서 육망성을 그렸다. 그 가운데 피살자 최은영을 넣고, 별의 여섯 꼭짓점에 이름을 하나씩 채웠다. 제일 먼저 문상근이 들어갔다. 다음으로 시신을 발견한 농부 이름을 적고 범행 현장 부근에서 발견된 담배와 껌 등의 주인을 썼다. 여섯 자리가 꽉 찼다. 파티를 함께한 친구들 이름도 겹쳐 적었다.

또 누가 있을까?

경찰 수사대상에는 자취방 건물의 남자들도 있었다. 그 이름도 넣고 주변 우범자와 성폭행, 살인자들 중에서도 경찰의 집중 수사를 받은 사람들 이름을 넣었다. 육망성 둘레는 이름으로 가득 차 여백이 좁아졌다.

승우의 생각은 대학으로 넘어갔다.

대학엔 교수가 있다.

대개 한 학과에는 적게는 4명에서 많으면 8명 정도의 교수가 있는 법. 당시의 교수들 이름까지 적어 넣으니 육망성 둘레에는 이름이 가득했다.

그러고 보니 너무 많았다.

이번에는 아니라고 생각되는 사람들을 짚어보았다. 그러다 한 이름에 시선이 닿았다.

기철균 교수… 그 분야의 권위자다. 한숨이 나왔다.

대학교수는 보통 존경을 받는다.

그 존경 속에는 취업에 대한 기대감도 숨어 있다. 학과 활동을 열심히 하고 학점을 잘 받으면 지도교수 추천 취업을 받겠지, 하는… 그런데 이런 막강 교수조차도 교수 추천을 못하는 시대가 온 모양이었다.

마지막으로 눈길을 끈 건 성적표였다. 당시 자료에는 최은영의 전 학년 성적표가 끼어 있었다. 출처는 그녀의 자취방 서랍이었다.

남의 성적표를 보는 것, 사실 일기장을 훔쳐보는 것 못지않게 흥미로운 일이다. 하나하나 짚어보니 B+가 주류였다. 간간이 A+도 보였다. 성적으로는 과에서 4~5등을 다투고 있었다. 시험 때마다 성적을 보며 얼마나 일희일비했을까? 생각할수록 안타까운 일이 아닐 수 없었다.

이 안타까움을 어떻게 달래줄 수 있을까?

거기에 배은망덕한 안타까움이 하나 더 붙었다.

범인 문상근이 범행을 부인하고 있는 것.

의문의 공중전화와 살인 현장.

그 두 곳에서 발견된 담배꽁초는 결정적이었다. 그러니 그가 살인을 하고도 천인공노하게 부정을 한다면 최은영으로서는 죽어서도 눈을 못 감을 일이었다. 그러나 문상근의 말이 사실이라면?

여러 증거와 정황에도 불구하고 범인이 아니라면?

그래도 최은영은 눈을 못 감을 일이었다. 진범이 어디선가 웃고 있을 일이 아닌가?

승우는 이미 그런 경험을 하고 넘어왔다. 담임 여교사 살인 사건. 그 피해자 현재필의 억울함은 아직도 승우의 뇌리에 남아 있었다.

'밤이면 변한다?'

승우는 그 말을 곱씹었다. 어쩌면 일이 쉽게 풀릴 수 있을 수도 있었다. 문상근의 몸에 살귀가 붙었든지 하다면 말이다.

하지만, 세상 일이 그렇게 쉬울 리가 없다. 그렇기에 모든 것을 백지 상태로 놓아야 했다.

이 사건은 오늘 발생했다.

모든 가능성을 검토해야 한다.

승우는 스스로에게 최면을 걸었다.

"검사님, 오동구 조사 끝났습니다."

잠시 후에 유 계장이 들어왔다.

"어떻습니까?"

"뭐 원론적인 얘기네요. 문상근은 사건 당일 그 시간에 집에서 자고 있었답니다. 공중전화는 늘 지나다니는 길목이지만 통화 시간에 간 적도 없고 현장 부근에 간 것도 최은영의 피살 소식을 들은 후다. 집에서 멀지 않은 데다, 자기 과 학생이라 가 봤을 뿐이다. 거기서는 담배도 피우지 않았다……."

"그런데 재판 과정에서는 왜 적극 항변을 안 했답니까?"

"그게 뭐 패닉 상태라서 될 대로 되라였다네요. 자기가 범인으로 지목되니 손쓸 사이도 없이 세상이 그렇게 돌아갔답니다. 선후배들과 지인들의 손가락질, 무한 확장, 재생산되는 자신의 헛소문과 파렴치한 행위들… 그러다 보니 그저 모든 게 빨리 끝났으면 하는 공황이었고, 당시 변호사가 어차피 지는 싸움이니 범행 인정하는 게 낫다고 해서 그렇게 알았다는 겁니다."

"문상근을 만나 봐야겠네요."

"검사님이 가시게요?"

"가서 푸닥거리 한 번 하라시더니?"

승우가 웃었다.

"에이, 그거야 농담이었죠."

"제가 다녀오죠. 어차피 한 번은 봐야 할 친구고… 차 수사관!"

승우는 교도소에 갈 파트너로 차도형을 호명했다. 그러자 나수미가 손을 들고 나섰다.

"제가 가면 안 될까요?"

"나 수사관이?"

"사건 기록을 너무 심취해서 읽었나 봐요. 범인 얼굴 한 번 보고 싶어서요."

"괜찮겠어?"

승우를 대신해 유 계장이 물었다.

"왜 그러세요? 저도 대(大) 대한민국 검찰 수사관이라고요."

나수미가 신분증을 흔들었다.

'하긴.'

승우는 기꺼이 승낙했다. 얼굴이 얌전한 데다 표시를 내지 않아서 그렇지 나수미는 무술 고단자였던 것이다.

*　*　*

교도소는 오랜만이었다.

한때는 수감된 조폭 대가리의 편리를 봐준 적도 있었다. 수사를 이유로 불러내 호강시켜 준 것이다. 담배도 주고 술도 줬었다.

그래도 되냐고? 당연히 안 된다. 그러나 그때는 됐었다. 검사의 권세 한 번 나눠주면 주머니에는 돈이 들어오고 옆에는 미녀가 앉혀졌다. 그 미녀가 밤새 충성을 했다. 승우로서는 절대 밑지는 장사가 아니었다. 그러기 위해서는 교도관들에게도 기름칠이 필요했다.

부자가 망해도 3년은 간다더니, 승우의 흔적은 교도소에도 남아 있었다. 과장이 기꺼이 달려 나와 준 것이다.

"아이고, 송 검사님, 이게 얼마만입니까?"

과장의 얼굴에는 개기름이 번들거렸다. 그 역시 자기 자리의 단맛을 '누릴 줄 아는' 족속이기 때문이었다.

"문상근!"

용건을 말하자 과장은, 인상부터 찡그렸다.

"그 또라이 자식은 왜 만나시게요?"

"또라이요?"

승우가 모르는 척 반응을 했다.

"죄송합니다. 우리 교도소에서 요주의 인물이라서……."

과장이 뒷덜미를 긁었다.

"왜죠?"

시치미를 떼며 승우는 다리를 꼬았다.

"그게 뭐 여기 있는 놈들 수작이 뻔하지 않습니까? 자기는 진짜 죄 없다, 하늘에 맹세코 결백하다, 믿어 달라……."

"……."

"자해를 안 하나, 간부 직원을 인질로 잡지를 않나……. 진짜 교도소 좋아졌지 옛날 같으면……."

과장은 치를 떨었다.

"그거 말고는 어때요?"

"설마 그놈 후원하러 오신 건 아니죠?"

별 호응이 없자 불안해진 과장, 태도를 180도 틀었다. 혹시라도 누군가의 부탁을 받고 봐주러 왔을 수도 있기 때문이었다.

"오동수라고 아십니까?"

"오동수? 오동수라… 아, 얼마 전에 모범수로 나간 친구요?"

"그 사람이 청와대, 대검 등등에 탄원을 넣었어요. 문상근은 결백하니까 구제 좀 해달라고……."

"그 친구가요?"

과장의 눈이 휘둥그레졌다.

"왜? 뭐 아는 거 있습니까?"

"아닙니다. 둘이 한 방에 있은 적은 있지만 워낙 말수가 적은 친구라 아무하고도 안 친한 줄 알았는데……."

"그 친구 말로는 문상근이 결백하다던데요?"

"원래 초록은 동색 아닙니까? 이 안에 있다 보면 별놈들이 다 있습니다. 아주 지들이 판사고 지들이 검사라니까요."

"좀 불러주시겠습니까?"

"그러죠. 하지만 곧 날이 저물 것 같아서……."

"퇴근하시게요? 불러만 주고 퇴근하십시오."

"그게 아니라… 그놈이 날이 저물면 가끔 회까닥해서 검사님이 걱정되어서요."

"그럼 더 좋죠."

승우가 웃었다.

"예?"

승우의 속내를 모르는 과장이 고개를 들었다.

"농담입니다, 불러주세요."

"그러죠. 아무튼 조심하십시오."

과장은 당부를 남기고 복도로 나갔다.

"기분 어때?"

과장이 나가자 승우가 나수미를 돌아보았다.

"뭐가요?"

"형이 확정된 살인범 만나는 건 처음이잖아?"

"상관있나요? 그저 수사관과 살인범일 뿐인데."

나수미, 수사관답게 명쾌한 선을 그었다.

"접견실로 가시죠. 거기 대기시켜 두었습니다."

잠시 후에 돌아온 과장이 말했다. 창 밖에는 그새 어둠이 내리고 있었다.

"퇴근하세요. 나중에 기회되면 술 한잔하시고……."

"그, 그러죠."

과장은 반색을 했다. 보아하니 의례적으로 민원 점검하러 나온 영양가 없는 자리, 승우의 말이 반갑지 않을 수 없었다.

"안에 있습니다."

접견실 앞에서 교도관이 말했다.

"들어가세요."

나수미가 문을 열었다.

끼이!

문소리와 함께 문상근이 드러났다. 어두운 창을 등지고 웅크린 듯 앉은 청년. 고개를 한없이 떨군 탓인지 얼굴은 보이지 않았다.

그 실내로 한 발을 들이는 순간, 나수미의 비명이 찢어질 듯 울려 퍼졌다.

"검사님!"

"우와앗!"

발작과 함께 문상근이 돌진하고 있었다. 타깃은 승우였다.

후웅!

문상근이 휘두른 의자가 승우의 얼굴을 스쳐 갔다, 공세를 피한 승우는 문상근의 팔목을 거머쥐었다. 하지만, 나수미의 측면 엎어치기가 더 빨랐다.

와당탕!

문상근이 소파 테이블로 날아가 처박혔다. 그는 꿈틀 일어났지만 나수미의 날렵한 회전 킥이 턱을 향해 날아들었다.

쩌억!

입안에서 피를 뿜으며 문상근이 넘어갔다.

"거기까지!"

승우, 두 번의 박수로 나수미를 진정시켰다. 회심의 3타를 겨누던 나수미가 자세를 내려놓았다.

"괜찮습니까?"

전자 충격기로 무장한 교도관 두 명이 달려왔다.

"그냥 두세요."

승우는 문상근을 제압하려는 교도관을 말렸다.

"하지만……."

"괜찮으니까 나가보세요."

승우가 문을 가리켰다. 교도관들은 잠시 주저하다 복도로 나갔다. 상대는 현직 검사, 과장의 당부까지 있었기에 거부하기 어려운 일이었다.

"검사님……."

나수미의 우려가 이어졌다.

"몸 덜 풀렸어?"

"아뇨. 아예 수갑을 채워놓을까요?"

"아니, 2 대 1인데 그렇게까지… 아니, 그래도 모양이 안 좋으니 일대일이 좋을 거 같은데?"

소파에 앉은 승우가 나수미를 바라보았다. 나가 있으라는 뜻이었다.

"검사님!"

"괜찮아. 이 친구도 지은 죄가 있으니 더 나댈 것 같지는 않고……."

"……."

슬쩍 문상근을 바라본 나수미, 승우에게 꾸벅 묵례를 남기고 돌아섰다.

탁!

문소리와 함께 실내에는 두 명이 남았다. 그래도 승우는 느긋한 표정이었다.

문상근의 느닷없는 습격은 제법 매웠다. 그러나 승우는 대비하고 있었다. 그의 모습이 눈에 들어오는 순간, 영기를 감지했던 것이다. 만약 그렇지 않았다면 나수미의 3타를 말리지 않았을 것이다. 교도관들의 제압도 마찬가지였다. 나수미를 내보낸 것도 그런 이유였다.

영기를 상대할 사람은 하나뿐이었다. 바로 송승우다.

"문상근!"

승우가 문상근을 바라보았다.

"……."

"귀신 붙었네?"

"……?"

꿈틀, 문상근의 눈알이 뒤룩거리는 게 느껴졌다.

"귀신이 시켰지? 나 무서우니까 해치우라고."

"그… 그건……."

"늙은 남잔데? 언제부터야?"

"뭐가요."

"언제부터 너한테 붙었냐고? 이 안에서 붙은 건가?"

"아, 아니에요. 귀신 없어요."

문상근, 갑자기 눈빛이 흐려지더니 고개를 세차게 저었다.

"이리 와 봐. 일단 그놈부터 떼어내자고."

"아, 아니요. 그런 거 없어요. 난 괜찮다니까요."

급변한 문상근은 선량한 목소리로 손을 저었다. 빙의된 악령이 안으로 숨은 것이다.

"민민, 부탁해!"

승우가 말하자 민민이 허공으로 솟았다. 그 허공에 친디가 등장했다. 그러자 허둥지둥 연기가 되어 빠져나가는 영기가 보였다.

"친디!"

민민의 명을 받은 친디, 단숨에 영기를 물어 버렸다.

"어떻게 할까요?"

민민이 처분을 물었다.

"잠깐만!"

자리에서 일어난 승우는 문상근의 따귀를 힘껏 갈겼다.

찰싹!

한 대로는 되지 않았다. 별수 없이 좌우 연타로 갈기자 문성근의 정신이 돌아왔다.

"정신 차려. 잡귀는 내쫓았으니까?"

승우의 말과 함께 문상근이 두리번거렸다. 그렇다고 그 눈에 민민과 친디가 보일 리 없었다.

"귀신 붙은 거 맞지?"

"어떻게… 알았어요?"

이번에는 순순히 인정하는 문상근. 영기가 빠지자 의지가 제대로 돌아온 까닭이었다.

"난 검찰청 송승우 검사!"

승우는 일단 신분부터 밝혔다.

"최은영 살인 사건 범인 맞아?"

"최은영은 맞지만 범인은 아닙니다."

문상근이 바로 이의를 제기했다.

"알았어. 그건 차차 얘기하기로 하고 잡귀 얘기부터 해봐. 언제부터 붙었어?"

"1년쯤 되었어요. 수감된 방을 옮긴 후부터……."

"방?"

"운동장에서 우발적으로 시비가 붙었어요. 한 놈이 너무 빈정거리길래 몇 대 쥐어박았는데 갈비뼈가 나갔습니다. 그래서 징벌의 일환으로 방을……."

"계속해."

"거기로 옮기고 며칠 지났을 거예요. 마침 몸살에 걸려 끙끙거리고 있는데 방 안 공기가 싸해졌어요. 뼈에 고드름이 들어온 것처럼……."

"……."

"그러다가 며칠 후에 자정을 좀 지났는데… 악몽을 꾸었어요. 시커먼 안개 같은 노인 수형자가 춥다고 내 몸 안으로 기어들어오는데, 지금도 몸서리가 쳐져요. 진짜… 믿기지 않게 불쑥 들어오더라고요."

'노인 수형자?'

"자기는 오래전에 사형집행을 당한 사형수인데 고향에 가야 한대요. 아버지 묘가 위태롭다고… 그런데 저는 죄가 없으니까 빨리 탄원을 내서 나가라는 거예요."

문상근은 떨리는 목소리로 말을 이어갔다.

"그때부터 잊을 만하면 꿈인 듯 생시인 듯 저를 닦아세워요. 제 몸이 제 몸이 아닌 것 같았지만 아무도 믿지를 않아요. 더구나 사고까지 몇 번 친 터라……."

"……."

"하지만 그건 제 잘못이 아니에요. 다 그 할아버지가……."

"지금은 괜찮지?"

"예. 진짜……."

문상근은 제 몸을 더듬으며 안도의 숨을 쉬었다.

"그런데… 어떻게 아셨어요? 의사도 아니고 검사님이……."

"그거 다시 붙여줄 수도 있어."

"히익!"

문상근이 질겁했다.

"솔직하게 말하지 않으면 말이야."

"뭘… 요?"

"최은영 사건, 진짜 억울해?"

승우가 눈빛을 뿜으며 물었다.

"그건 진짜 억울해요."

"그런데 왜 이제 와서?"

"엄두가 안 났어요. 세상이 다 저를 손가락질하니까……. 그냥 저 같은 건 죽어버리는 게 나은 것 같아서……."

"자학이다?"

"이제 됐어요. 귀신이 떨어져 나갔으니 얌전히 복역하겠습니다. 저를 위한 탄원도 들어왔다던데 없었던 일로 해주세요."

'응? 포기?'

"귀신이 등을 밀었어요. 아무도 안 믿지만 검사님은 귀신을 믿으시니 믿어주시기 바랍니다."

"그래서 포기한다?"

"어차피 처음부터 포기한 일인데요, 뭐."

문상근의 말에는 깊고 깊은 체념이 덕지덕지 묻어 있었다.

"그러니까 귀신이 등을 떠밀어서 마지못해 결백을 주장했다?"

"예……."

쫘악!

승우의 손이 허공을 갈랐다. 제대로 따귀를 맞은 문상근이 벌벌 떨며 승우를 바라보았다.

"이런 한심한 놈, 이제 보니 잡귀보다 못한 놈이잖아?"

"검사님……."

"죄가 없다면 너를 범인으로 몬 사람들도 나쁘지만 너도 마찬가지야. 죄가 없으면 없다고 당당하게 항변을 해야지 왜 자포자기를 해?"

승우의 목소리가 높아졌다.

"하지만 그때는 모든 사람들이 제가 살인범이라고… 인간쓰레기라고……."

"그 편견에 당당하게 맞서야지. 그러니까 귀신도 널 우습게 보고 너한테 붙은 거 아니야?"

"검사님……."

"그래서? 이제 그냥 이대로 살겠다?"

"예……."

"이런 멍청한 놈!"

승우는 문상근을 밀어버렸다. 소파 너머로 날아간 문상근은 어깨를 찧으며 처박혔다.

"너만 고아냐? 나도 혼자다, 이 자식아. 고아가 뭐가 어때서? 어차피 살면서 고아 되는 사람 천지야!"

"검사님!"

문상근의 눈에서 눈물이 쏟아지기 시작했다.

"오냐, 알아서 해라. 세상에 억울한 놈이 어디 너 하나냐? 제 결백을 주장할 의지도 없는 놈은 신도 도와줄 수 없지. 그러니까 넌 계속 그렇게 살아."

승우는 자리를 털고 일어섰다. 진심으로 화가 났다. 문상근의 태도 때문이었다. 결백 증명도 결국은 일종의 재판이다. 굳은 마음이 없고서는 이길 수 없는 싸움이었다.

"검사님……."

문상근이 돌아보았지만 승우는 그냥 지나쳐 버렸다. 그러자 문상근이 승우의 다리를 잡았다.

"정말 저를 도와주실 겁니까?"

"이거 놔!"

"지금까지 다들 말뿐이었습니다. 저는 늘 이용만 당하고 살았다고요. 그래서 아무도 믿을 수가 없다고요!"

그 말에 승우, 고개를 들었다. 가슴에 와 닿는 말이었다.

"좋아요, 말씀드릴게요. 검사님이라면 말씀드려도 될 것 같아요."

문상근의 눈이 승우와 마주쳤다. 이번에는 그가, 비굴하게 고개를 떨구지 않았다. 결심이 제대로 선 모양이었다. 승우는 고조된 들숨을 내려놓고 문을 열었다. 문상근의 눈에 절망이 스쳐 갔다. 승우가 나가는 걸로 안 것이다.

하지만!

"나 수사관, 이제 들어와. 이 친구, 말할 준비가 된 것 같아."

승우는 나수미를 불러들였다. 문상근의 눈이 환해지는 게 보였다.

"말해봐. 차근차근……."

승우의 명령이 떨어졌다.

* * *

물론 문상근도 처음부터 고아는 아니었다. 초등학교 4학년 때 부모가 사고로 죽었다. 문제는 가해자였다는 점. 밤샘 문상을 다녀오던 길에 무리하게 졸음운전을 하다 중앙선을 넘은 것이다.

마주오던 차량을 직격했다. 더 큰 문제는 그 차의 주인이 권력자였던 것. 중앙법률기관의 고급 간부 차였다. 부모는 죽고, 얼마 되지 않는 재산마저 손해배상으로 털렸다. 남은 건 활짝 열린 소년의 고생길이었다.

다행히 동네에 먼 친척들이 있었다. 그중 하나가 소년을 맡았다. 이때까지만 해도 소년은 성격 좋고 착한 아이였다.

그러나 친척은 친척일 뿐, 부모님이 아니었다. 소년에게 딸린 재산도 없었다. 처음에는 좋은 마음으로 떠안은 소년. 시간이 지나면서 노골적인 천대와 학대가 이어졌다.

소년의 성격이 변했다. 말수가 줄어들고 자신감도 사라졌다. 그래도 천성이 있는 지라 그럭저럭 버텨 나갔고, 대학에도 진학했다.

대학 진학은, 알고 보면 또 하나의 고생길이었다. 혼자 자취를 하면서 학비를 댄다는 건 쉬운 일이 아니었다. 알바비는 얼마 되지 않았고 먹고 사는 돈과 방세도 만만치 않았다. 그래서 군대를 갔다.

가지 않을 수도 있었지만 숙식이 해결되는 데다 현역을 필해야 취업에 유리하다는 말 때문이었다.

군에서 제대해도 변하는 건 없었다. 조금 나아진 건 남들의 시선에 대해 면역력이 생겼다는 것.

"대학 때 화장실 건은요?"

이야기를 메모하던 나수미가 처음으로 질문을 던졌다. 나수미의 칼날 공세가 시작된 것이다. 승우는 좀 더 느긋해졌다.

"화장실……."

문상근의 고개가 잘린 꽃대처럼 힘없이 떨어졌다.

"평판은 괜히 만들어지는 게 아니에요. 안 그런가요?"

상습이었냐, 아니냐, 나수미는 그걸 묻고 있었다.

"그날은 좀 이상한 날이었어요."

"평소에도 술을 자주 마셨다면서요?"

나수미의 공세는 슬슬 각을 세우고 있었다.

"그건 오해입니다."

"어떻게 오해죠?"

"캠퍼스에서 몇 번 마시기는 했는데. 그게 후배 생일하고, 그놈이 시험 망친 날… 그리고 화장실 사건 날까지 합쳐서 세 번……."

"만약 오해라면 그 또한 문제 아닌가요? 문상근 씨의 평소 행동에 문제가 있었다는 얘기예요."

"그럴 수도 있겠네요. 세 번 다 좀 많이 마시게 되어서……."

"술 마시면 주사가 있나요? 성격이 변한다든지……."

나수미의 공세는 이제 돌직구를 이루고 있었다. 술 마시면 변한다. 이 가정은 최은영 살해로 가는 고속도로였다. 술김에 저지른 보복이 성립될 수 있기 때문이었다.

"그런 건 없습니다."

문상근은 고개를 저었다. 그리고 나수미의 돌직구를 받아치는 설명을 내놓았다.

"두 번은 후배 고만성 때문에 부득이 했어요. 그놈이 저처럼 혼자거든요."

"……?"

일단 파울이 나왔다.

"그놈이 바에서 알바를 해요. 그러다 보니 손님들이 키핑한 것 중에서 오래된 양주를 가지고 와요. 서로 형편이 좋지 않으니 과자 한 봉 놓고 술을 마셔요. 두 번은 그래서 좀 취했어요."

"화장실 사건도 그런 거다?"

"그날은 과 동문회 총회였어요. 교수님들이 준비 좀 도우라기에 도와드렸고, 행사 끝나니 소주하고 캔 맥주가 남은 거예요. 그런데 그날 아침부터 아무것도 못 먹은 차라 술이 갑자기 올랐어요. 게다가 애들은 내가 고생했다며 자꾸 술을 권했고……."

"……."

거기서 나수미의 볼 끝이 힘을 잃었다.

빈속에 술 좀 마셔본 사람은 그 위력을 알고 있기 때문이었다.

"좋아요, 그럼 사건 당일로 가죠. 뭘 했죠?"

다시 나수미의 공세가 이어졌다.

"후배 고만성이랑 만났어요. 그놈이 월급 탔다고 한잔 쏜다고……."

"그리고 술에 취해 집에서 잤다?"

"네. 그날도 아침부터 아무것도 못 먹었거든요. 만성이가 보드카 남은 걸 가지고 왔는데 사이다에 타먹다 보니 많이 취했었어요. 그래서 자정쯤 헤어져서 집으로……."

"집으로 가는 길에 만난 사람은요?"

"비가 오다 말다 했어요. 낯선 사람들을 몇 명 보기는 했지만 아는 사람은 없었습니다."

"바꿔 말하면 이렇게 볼 수도 있어요. 술을 한잔하고 가다가 최은영 일행의 파티를 보게 되었다. 잘나가는 최은영… 그걸 보니 욱 하는 감정이 생겼다. 몰래 따라가 유인해서 살해했다."

나수미, 마지막 승부구를 날렸다.

"신기하네요."

문상근이 고개를 들었다. 아무런 희망도 담기지 않은 쓸쓸한 미소를 머금은 채.

"뭐가 말이죠?"

"경찰도 그렇게 말했어요. 그다음에 검찰청 검사님도, 나아가 법정의 판사님들도… 사법기관에 계신 분들은 생각까지도 다 똑같나 보네요."

나수미, 파울 공에 얻어맞은 꼴이 되고 말았다. 그쯤에서 승우가 나섰다.

"문상근!"

"예?"

"사법기관을 불신하고 있군?"

"……."

"그럼 말이야, 네가 생각하는 범인은 누구야? 그 이유는 뭐고?"

"……."

"기소 당시 너는 범죄 동기가 있었어. 나아가 증거까지… 그런데 그냥 막연히 억울한 건가?"

"그게……."

"할 말이 없군?"

"아닙니다!"

잠시 주저하던 문상근이 파득 고개를 들었다. 그리고 놀라운 이름 하나를 꺼내들었다.

"……!"

그 이름을 들은 승우와 나수미는 잠시 멍 때림의 포로가 되고 말았다. 문상근이 의심하는 사람… 그 사람은 교수였다. 현역 대통령 자문 위원이자 그 분야 최고의 석학 중 한 사람으로 꼽히는 학계의 거물, 기. 철. 균!

2장

남자의 친절에는 속셈이 있다

푸하핫!

—기철균!

그 이름이 나오자 헛웃음이 나왔다. 명망과 학식을 두루 갖춘 석학. 대학에서도 간판으로 내세우는 교수였다. 실제로 그 대학은 기철균을 스카우트하느라 수십억을 투자한 판이었다.

나아가 학생들로부터 고루 존경을 받는 온화한 학자에 대통령 자문 위원. 그런데 그 숭고한 이름을 거론하다니.

"문상근!"

승우의 목소리에 불끈 힘이 들어갔다. 쏘아보는 눈빛도 매웠다. 문상근은 당황하고 있었다. 하지만 꼬리를 내리지는 않았다. 그도 나름대로 어렵게 꺼낸 최후의 승부수기 때문이었다.

"좋아, 그럴 만한 이유가 있나?"

승우, 일단 좀 더 들어보기로 했다.

"그게……."

잠시 눈을 감았다 뜨는 문상근.

그의 시선이 아련한 과거로 달려갔다.

교정이었다. 문상근의 꿈이 아른거리던 그 캠퍼스…….

"1학기 중간고사 때였습니다."

문상근의 회상은 정확하게 지점을 잡았다. 승우의 귀가 살짝 올라갔다. 대개의 화자들은 자신감이 없거나 추상적인 일에 대해서 말할 때는 말꼬리가 달라진다.

'중간고사 때였을 겁니다.'

이렇게 말이다.

그런데, 문상근의 화법은 그렇지 않았다. 지금까지의 대화 습관에 비추어보면 이례적인 문장이었다.

"교수님 시험 문제가 난해하게 나왔습니다. 정답과 수업 시간의 강의 내용과 다르게 나온 문제가 3문제나 되었거든요. 성적에 이의가 있는 사람은 5시까지 교수님 방으로 오라는 말과 함께 수업이 끝났습니다."

성적에 대한 이의 제기. 물론 흔한 경우였다.

"그런데… 하필 그때 전화가 왔습니다. 제가 알바하는 곳 사장님인데 물건 박스를 못 찾는다는 거예요. 전화를 어찌나 자주 거는지 그걸 해결하고 나니 6시가 지났습니다."

"……."

"어쩔까 싶었지만 다음으로 미루면 기회가 없을 거 같아서 교수실로 향했습니다."

문상근은 한가해진 강의동 복도를 지나 기철균의 방 앞 복도에 도착했다. 기철균의 방은 건물의 맨 끝에 있었다. 실험실이 딸린 방이었다. 복도는 어두웠다.

'퇴근하셨나?'

사방이 조용하니 고민이 되었다. 무의식적으로 손잡이를 잡았다. 그런데… 문이 그냥 열려 버렸다.

"……!"

안에는 기철균 교수가 있었다. 그 옆에는 최은영이 앉아 있었다. 마주 보는 게 아니라 옆이었다.

"뭐야?"

기철균이 고개를 들었다. 화를 내는 건 아니었지만 분위기가 미묘했다. 문상근은 느꼈다. 문을 잘못 열었구나, 잘못 열었어.

"아닙니다. 다음에 오겠습니다."

놀란 마음에 엉뚱한 말을 하고 말았다. 후회가 들었지만 몸은 벌써 복도로 나온 후였다.

"분위기가 이상했다?"

이야기를 듣던 승우가 물었다.

"예……."

"뭐가 말이죠? 애무라도 하고 있었나요?"

나수미도 끼어들었다.

"그건 아니었지만……."

문상근, 담담하게 뒷말을 이어놓았다.

"뭐랄까요? 여자친구랑 방에서 뭘 하려다가 갑자기 문을 연 엄마에게 들켰을 때의 분위기 같달까요. 교수님 눈에서 레이저가 느껴지는 그런……."

"지금 기철균 교수가 제자를 성희롱하고 있었다는 말을 하려는 건가요?"

나수미가 따져 물었다.

"……."

"문상근 씨!"

"그냥 이상한 느낌이었다는 걸 말하는 겁니다."

"그 사람은 교수예요. 제자들이 찾아오는 건 얼마든지 있을 수 있잖아요."

"아무튼 그 후로 교수님이 저를 보는 눈이 차가웠습니다. 기말고사에서는… 답을 잘 썼음에도 C+를 주셨고……."

"찍혔다 이거로군?"

승우가 중얼거렸다.

"그 작년 봄부터 계속 그분 강의를 들었는데 늘 A를 맞았습니다. 답도 잘 썼고요."

"그만하고 결론을 내야지?"

승우는 매듭을 원했다.

"그 후에 알바하는 곳에서 배달을 가다가 교수님과 은영이가 만나고 있는 걸 본적이 있습니다."

"학교 밖에서?"

"예……."

"어디에서?"

"둑방길에서요."

둑방길!

그곳은 살인 현장에서 그리 먼 곳이 아니었다.

"시간은?"

"밤 9시가 넘은 때였습니다."

"누가 같이 보았나?"

"아뇨. 저 혼자 오토바이 배달을 가던 길이라……."

"좋아, 다 좋아. 일단 기 교수가 최은영을 농락했다고 치자고. 그런데 왜 죽이지? 교수로서는 손해 볼 일이 없는데?"

"최은영의 공기업 취업……."

문상근이 고개를 들었다. 담담하던 눈빛은 그새 힘이 들어가 있었다.

"한마디로 그게 구라기 때문이죠."

"구라?"

"네!"

문상근은 또렷하게 대답했다.

"뭐가 구라라는 거야? 기 교수는 처음부터 그런 건 없다고 했던데?"

"없죠. 하지만 최은영에게는 있었던 거죠."

최은영에게는 있었다.

다중 의미가 담긴 말이 나왔다.

"검사님도 남자 아닙니까? 예쁜 여학생에게 미끼를 던진 거죠. 취업시켜 주겠다는 구실로 농락하고 놀아났는데 그 시기가 다가온 겁니다. 있지도 않은 자리, 이미 벌린 입……. 마지막 선택은 하나였겠죠. 최은영이 동네방네 떠들고 다니기 전에 입을 막는 것!"

"이봐요, 문상근 씨!"

듣고 있던 나수미가 목소리를 높였다.

"아주 막장 소설을 쓰고 있군요? 그게 말이 되는 소리입니까?"

"왜 안 되죠? 교도소 사람들은 다 그렇게 말하더군요. 그놈이 나를 이용해 완전범죄를 저질렀다고. 어리바리한 내가 그 덫에 걸렸다고요. 그런데 왜? 왜 사법기관 물 먹은 사람들만 내 말을 안 믿는 겁니까? 실제로 그 교수는 예쁜 여학생들을 편애했다고요."

"이 사람이 정말?"

"여자들은 모릅니다. 남자의 친절에는 대가가 따른다는 점, 속셈이 있다는 점. 남자는 60이 넘어도 20대 여자를 마음에 품죠. 안 그런가요, 검사님?"

"이봐요. 당신 교수예요. 스승이라고요. 아무리 교도소에서 굴러먹었기로 가져다 붙인다는 게!"

목소리가 높아지자 교도관들이 문을 열었다. 승우는 손짓으로 괜찮다는 신호를 보냈다. 교도관들은 문을 닫아주었다.

"나수미 씨!"

승우가 나수미를 바라보았다.

"예."

"나가서 뭐 하나만 확인해 보고 와줘."

승우가 지시한 건 사형수에 대한 확인이었다. 그 사이에 승우도 따로 점검할 일이 있었다.

탁!

나수미가 나가자 승우는 민민을 불러냈다.

"아저씨!"

민민이 허공에서 하르르 움직였다.

"아까 그 영기… 이 친구에게 살짝 붙여줘 봐."

"알았어요."

민민은 승우의 말대로 영기를 붙였다가, 떼어냈다.

"으헉!"

친디에게 영력을 털린 영기였지만 문상근은 움찔 흔들렸다. 약해졌긴 해도 그 공포와 두려움의 느낌까지 다 가신 건 아니기 때문이었다.

"네 몸에 붙어 있던 잡귀야."

"으……."

문상근은 제 어깨를 껴안고 몸서리를 쳤다.

"내가 말했지? 한 치의 거짓말만 있어도 이걸 다시 네 몸에 붙여주겠다고."

"거짓말… 아니에요."

"좋아, 잠깐 기다려라."

승우, 이번에는 영기를 집어 들고 화장실 문을 열었다. 이 영기는 왜 문상근에게 붙은 걸까?

[저놈은 무죄라오. 내가 생전에 점쟁이였는데 저놈 사주에는 살(殺)이 없거든. 그래서 혹시라도 무죄가 입증되면 저놈 몸을 앞세워 선친 묘를 확인할 수 있을 거 같아서……]

영기……. 나름 근거가 있는 빙의였다.

"문상근!"

다시 자리로 돌아온 승우가 날선 눈으로 문상근을 쏘아보았다.

"예."

"아까 그 말 말이야, 취업 농락… 네 생각이냐? 아니면 감방 동기들에게 주워들은 걸로 스토리를 짜깁기한 건가?"

"오버했다면 죄송합니다."

"묻는 말에나 대답해."

"제 생각입니다."

"그 교수가 전에도 그런 풍문 같은 게 있었나?"

"그것까지는 모릅니다. 저는 알바 때문에 늘 바빴고… 교수에 대해 조금 알아가던 차에 그런 일이 생기는 바람에……."

"좋아, 이제 그만 나가 봐."

"제 말을 안 믿으시는 건가요?"

문상근의 미간이 확 구겨졌다.

"그 결정은 누가 해야 하는 거지?"

"그야, 검사님……."

"아까 남자의 친절은 대가가 따른다고 말했지?"

"예……."

"대가라는 건 모든 것에 존재하지. 너는 말이야 내가 네 말을 믿고 결백을 밝히기 위해 전격 재수사를 하면 어떤 대가를 내줄 테냐?"

"돈을… 원하시는 겁니까?"

"가진 게 있기는 하나?"

승우가 웃었다.

"없습니다."

"대답이나 해봐."

"돈은 없지만 결백을 증명해주기만 하면… 눈이라도 뽑죠. 아니, 원한다면 내 목숨을 가져가도 좋습니다."

"내가 네 목숨을 가지면 살인자가 되란 얘기냐?"

"그런 뜻은……."

"목숨은 몰라도 나중에 다른 건 요구하겠다. 알았나?"

"예!"

"나가 봐."

승우가 말하자 그는 꾸벅 인사를 남기고 돌아섰다.

목숨! 아무튼 그 말은 나쁘지 않았다. 그만한 각오가 되어 있다는 뜻이기도 하니까. 문상근이 나가고 오래지 않아 나수미가 돌아왔다.

"김각수, 1994년에 사형 집행된 거 맞습니다."

"문상근이 그자가 수감되었던 독방에 있었고?"

"그것도 맞습니다."

"변화도?"

"네, 시기적으로 그 독방에 다녀온 뒤부터 문제를 일으켰더군요."

"흐음……."

"검사님!"

"응?"

"기 교수를 수사하려는 건가요?"

나수미가 물었다.

"나 수사관이 보기엔 어때?"

"수사하셔야죠."

승우가 고개를 들었다. 나수미의 반응이 너무 쉽게 나온 것이다.

"어째서?"

"촉이 섰잖습니까?"

"촉?"

"아닌가요?"

나수미의 입가에 은근한 미소가 피었다. 승우의 속을 들여다보기라도 한 듯이…….

"뭐야? 아까는 막 들이대길래 당연 반대할 줄 알았는데……."

승우가 어깨를 으쓱해 보였다.

"모르세요? 문상근을 제압한 후에 검사님 눈빛이 변하셨다는 거? 만약 별생각이 없었다면 그때 돌아서셨겠지요."

"으아, 나수미 씨 족집게! 그럼 문상근을 족친 것도 장단을 맞춘 거라는 거잖아?"

"그래야 검사님 판단에 도움이 될 것 같았어요."

"미치겠네. 소리 없이 다 털린 기분인데?"

"말씀이나 해주세요. 무엇 때문에 촉이 선 건지……."

"거짓말 탐지기!"

승우는 창가에서 조용히 아른거리는 민민을 보며 말했다.

"거짓말 탐지기요?"

"내가 나름 개발한 건데 신빙성이 꽤 높아. 그게 저 친구 진술이 참이라고 판정했거든."

"그게 어디 있는데요?"

"여기!"

승우, 황당해하는 나수미에게 자기 가슴을 짚어보였다. 그걸 본 민민이 콩콩거리며 웃었다. 그 뒤로 우뚝 버티고 선 친디. 승우에게만 보이는 친디의 입에는 사형수의 영기가 물려 있었다. 바로 승우가 말하는 거짓말 탐지기였다.

문상근은 자신을 괴롭히는 영기, 그게 다시 들어올 상황에서도 결백을 굽히지 않았다. 그래서 믿었다. 목숨을 가져가도 좋다는 말을. 거기에 보태지는 영기의 말…….

'저놈은 무죄야!'

문상근은 몰라도 영기는 거짓말을 할 이유가 없었다.

승우는 기철균을 파보기로 마음을 굳혔다.

*　　　*　　　*

사무실에 들어가니 몇 가지가 진행되고 있었다. 우선은 사체를 발견한 농부였다. 뒷조사를 해보니 이 농부에게도 기록 없는 전과가 있었다. 사건 일로부터 여러 해 전에 이웃에 사는 지체장애 아가씨를 추행했던 것. 그 부모와 구두합의를 하고 경찰까지는 가지 않는 바람에 비밀이 유지되었던 모양이었다.

이 문제가 불거진 건 합의금 때문이었다. 당시 3개월 단위로 나눠 지급키로 한 농부. 시간이 흐르자 마음이 변해 마지막 두 번을 주지 않았고 이로 인해 대판 싸움이 일어나는 통에 소문이 돈 것이다.

"디테일하게 검토해 보세요."

지시를 한 승우는 책상에 앉았다. 그동안 여기저기서 올라선 서류가 많았다. 일부는 관할서로 이첩해도 될 사안이었다. 서류를 분류한 승우는 노트북으로 검색을 했다.

기철균이라는 이름만 쳐도 빽빽한 검색어가 올라왔다. 최근에는 정치인 강연도 많았다. 여야의 유력 인사들과 찍은 사진도 몇 화면이나 넘어갔다. 더불어 쟁쟁한 후학으로 이루어진 제자군도 있었다. 이름 하여 기철균 사단!

'인상 한번 죽이는군…….'

남자로서도 부러운 얼굴이었다. 온화하고 중후하게 늙은 얼굴. 기혼녀가 보면 부러운 남의 남편일 것 같았고 미혼녀가 보면 아빠처럼 푸근한 매력남이 될 것 같았다.

업적도 빛이 났다. 기업과의 협력 연구도 많고 환경 제언과 조언도 세기 힘들 정도였다.

다만 제자들과 찍힌 사진은 주로 여자들이었다. 남자가 간간이 있긴 했어도 대다수가 여자…….

'여자가 많은 과인가?'

이번에는 학과를 넣었다. 딱히 그렇지는 않았다. 오히려 남자가 많아 남녀비율이 6.5 대 3.5정도가 되었다.

화면을 넘기던 승우의 눈이 한 제목에서 멈췄다.

〈전임강사 탈락 여강사 음독자살!〉

기철균과 상관없는 기사가 검색에 딸려 올라왔다. 기사는 7년여 전의 것. 자세히 보니 학과 때문이었다. 더구나, 기철균이 속한 그 학교의 학과였다.

'음독?'

특별한 내용은 없었다. 한 여강사가 전임교원에 응모했다가 떨어지자 음독해서 죽었다는 것. 기철균 사단 출신으로 본교 전임강사에서 떨어진 건 의외였고 그래서 충격을 받았을 거라는 게 주요 내용이었다.

'교수되기가 어렵다 보니 자살까지…….'

여강사의 얼굴과 몸은 예뻤다. 연예인이 아닐까 싶을 정도였다.

그러고 보니… 기철균과 관련되어 화면으로 나온 여자들의 공통점이 있었다. 예뻤다, 얼굴만 아니라 몸도 예뻤다.

'기 교수는 예쁜 여학생들을 편애했다.'

문상근의 말이 스쳐 갔다. 우연일 수도 있지만 현재까지는 대략 맞아떨어지고 있었다. 화면을 닫은 승우는 최은영의 성적표를 꺼내 들었다.

물끄러미 성적을 보던 승우의 눈에 A+ 표시가 들어왔다. 1학년 때 두 개, 2학년 때 하나. 나머지 다섯 개는 3학년과 4학년 때 받았다. 3학년과 4학년 때의 A+ 네 개는 같은 과목에서 나왔다. 딱 하나만 다른 과목. 재미난 건 그 과목의 1학기 성적은 C+라는 사실. 그 밖의 다른 전공은 대개 B+나 B를 마크하고 있었다.

'이 과목을 유독 좋아했었나?'

시선이 최은영의 출신 학과로 넘어갔다. 그러다 그 활자를 본 순간, 승우의 눈이 정지되어 버렸다. 확인해 보니 네 개 학기 동안 줄곧 A+를 준 교수의 이름이 같았다.

기 자 철 자 균 자! 기철균 교수.

우연일까? 아니면…….

*　　*　　*

다음 날 승우는 사건 현장을 찾았다. 옆에는 석 반장이 동행하고 있었다. 도착은 했지만 사실, 초장부터 계획 하나가 틀어지고 있었다. 최은영의 주검을 확인하지 못한 것이다.

그녀의 시신이 화장된 후에 바다에 뿌려진 까닭이었다. 이제 차선책은 현장에 있었다. 우선 공중전화…….

"……!"

승우는 문제의 장소에서 고개를 좌우로 돌렸다. 공중전화는 어디에도 보이지 않았다.

"원래 이 자리에 있었는데 워낙 수요가 없어 2년 전에 철거했다더군요. 저쪽 방향이 문상근이 자취하던 집이고……."

석 반장이 왼편 주택 길을 가리켰다. 몇 해 전이나 지금이나 큰 발전이 없는 작은 동네. CCTV는 아직도 달려 있지 않았다.

"그리고 이쪽이 피살자 집 방향……."

둘의 방향은 대략 반대편이었다. 큰 동네가 아니라 그래봤자 3~4킬로미터 반경…….

"문상근이 범인이 아니라면요……."

"그래도 여길 지나갔겠습죠. 뭐 목격자가 있었다고 해도 무리는 아닙니다요."

석 반장이 살짝 앞서 나갔다. 바꿔 말하면 이 근처에서 문상근의 꽁초가 나온 것만으로 100% 범인이라고 예단하기는 어려운 상황일 수 있었다.

"그래도 굳이 공중전화를 사용했다는 게 이유가 됐겠습죠."

석 반장이 부연을 한다. 두 번째는 피살 현장이었다.

"나름 음산한뎁쇼?"

배수로를 따라 시선을 펼치던 석 반장이 입을 열었다.

"좀 그렇죠?"

승우도 비슷한 기분이었다.

도로에서 아주 멀지는 않았다. 하지만 도로변 쪽으로 잡풀이 무성해 시야를 가렸다. 그렇게 이어지는 작은 둔덕 양편으로 논이 자리를 잡았다. 그중 일부는 휴경지로 잡초가 무성해 보였다.

"잠깐… 보고 계세요."

승우는 저만치 보이는 나무를 향해 걸었다. 느릅나무였다. 작은 나무는 아니었다. 길은 둑방 길 쪽으로 이어진다. 길이 제법 운치가 있어 여기서 데이트를 한다고 해도 이상할 것 같지는 않았다.

나아가 범행 장소로도 나쁘지 않았다. 어두운 밤, 나무 아래 서면 도로에서는 보이지 않는다. 거리도 꽤 되어 작은 비명 정도는 들리지 않을 것 같았다. 생각을 접고 돌아보니 석 반장은 배수로를 따라 멀어지고 있었다.

우직하다. 석 반장은 궁리를 모른다. 늘 몸이 먼저인 것이다.

"민민!"

느릅나무 그늘에서 민민을 불렀다.

"전 여기 있어요."

민민의 대답은 나무 위에서 들렸다. 나뭇잎이 또 하나의 세계를 이룬 가지 위에 민민이 아른거렸다.

"벌써 영기도 체크했겠네?"

"그거야 아저씨도 마찬가지잖아요?"

"그럼 마음 한번 맞춰볼까?"

"좋아요."

민민이 승우의 앞으로 내려왔다.

"영기의 방향이 어느 쪽인지, 셋 세면 가리키기다."

"네에!"

"하나, 둘……."

승우는 홱 돌아서며 셋을 세었다. 그때 그의 손은 이미 나

무를 짚고 있었다. 하지만 그건 민민도 마찬가지였다. 승우가 짚은 나무, 바로 그곳으로 옮겨온 것이다

"흐음, 우리 너무 잘 통하는데?"

승우가 웃었다.

"그러게요."

"그런데 흔적뿐인 게 좀 아쉽다."

"그러게요."

여기 남았으면 좋았을 걸. 비록 영기라고 해도……. 승우는 욕심을 가만히 내려놓았다.

"이 나무에서 죽었어. 아마 여기 세워놓고 목을 눌렀겠지."

"……."

"그런 다음에……."

배수로를 바라보았다. 멀지 않았다. 문상근이건 기철균이건 죽은 최은영을 배수로에 유기하는 건 그리 어려운 일이 아니었을 거 같았다.

"혹시 그 영기… 이 근처 어디에서 떠도는 건 아닐까?"

"그건 아닌 것 같아요."

승우의 허튼 바람에 민민이 고개를 저었다.

승우도 고개를 끄덕였다. 최은영 영기의 흔적이 너무나 여리기 때문이었다. 어쩌면 한을 품기도 전에 당해 버린 걸까?

"석 반장님!"

영기를 확인한 승우가 목청을 높였다. 석 반장은 시야에서 사라지고 없었다.

"석 반장님!"

"여기우다!"

한 번을 더 부르자 석 반장 목소리가 들렸다. 배수로 너머의 배수로였다.

"여기까지 오셨어요?"

승우가 그쪽으로 다가갔다.

"오다 보니……. 반대쪽으로 흐르는 배수로가 또 있군입쇼."

"그러네요."

승우도 고개를 들었다. 최은영이 발견된 배수로와 작은 턱을 두고 갈라져 흐르는 배수로였다. 그나마 잡초가 우거져 아는 사람이 아니면 있는지도 모를…….

"완전히 반대쪽이라……."

승우가 바라본 쪽은 문제의 공기업이 있는 쪽이었다. 물은 내쳐 그곳을 향해 달려가고 있었다. 30㎝ 정도의 흙 턱, 물이 넘치면 이쪽 배수로의 물이 넘칠 것도 같은 그곳에서 멈췄던 최은영의 시신…….

"촉 좀 잡았습니깝쇼?"

석 반장이 이마의 땀을 닦으며 물었다. 그걸 보던 승우의 눈에 녹슨 물건 하나가 들어왔다.

"핀셋 아닙니깝쇼?"

석 반장이 고개를 빼들었다. 논 입구로 바짝 밀고 들어온 'ㄴ' 자 모양의 배수로. 거기 쌓인 퇴적물들을 퍼내 쌓아둔 흙무더기에서 녹슨 핀셋이 보인 것이다.

"이런 게 왜 여기……."

핀셋을 집어든 석 반장이 고개를 갸웃거렸다. 배수로와는 완전히 이질적인 물건. 이미 녹이 슬대로 슨 핀셋에서는 쇳내가 진하게 밀려 나왔다.

"물속에 있다 나온 모양인데……."

"이리 줘 보세요."

승우는 손수건 위에 핀셋을 받았다. 배수로와는 어울리지 않는 핀셋. 그러나 이제는 어디에도 쓸모없을 것 같은 녹투성이…….

차량 서랍에 핀셋을 넣어두고 시동을 걸었다. 다음 목적지인 대학교를 향해서…….

끼익!

차는 한갓진 교정에 멈췄다. 흐린 하늘을 이고 있는 캠퍼스는 넓었다. 학생 수에 비해 그랬다. 강의동으로 올라가는 길목에 현수막이 나부꼈다.

〈천기덕 교수님 대통령 훈장 서훈 결정을 축하합니다!〉

〈축, 천기덕 교수, 대통령 훈장 서훈 결정!〉

어떤 교수에게 훈장 수여가 결정된 모양이었다.

“직접 만날 겁니깝쇼?”

석 반장이 조수석에서 물었다.

“아뇨. 오늘은 그냥 탐색전입니다.”

승우는 기 교수의 강의 시간표를 펼쳤다. 종료 시간은 아직 꽤 남아 있었다.

“어이구, 바람 한번 시원하다.”

차에서 내린 석 반장이 기지개를 켰다. 승우는 나수미가 보내준 자료를 넘겼다. 기 교수의 차량 종류와 번호가 나왔다. 고개를 드니 바로 맞은편, 거기 그 차가 있었다. 차는 새 차였다.

‘차량은 물 건너갔고…….’

또 하나의 대상을 떠나보냈다. 낡은 차라면 혹시라도 영기의 흔적을 기대할 수 있었겠지만 그의 차는 사건 이후에 뽑은 새것이었다.

“드십쇼!”

석 반장이 불쑥, 자판 커피를 들이밀었다.

“이건 또 언제 뽑으셨어요?”

승우가 커피를 받아들었다.

“저쪽에 자판기가 있잖습니깝쇼? 대학교 자판기는 아직도 싼뎁쇼?"

석 반장이 운동장을 가리켰다. 한 모금을 넘길 때였다. 언덕의 강의동에서 학생들이 밀려 나오고 있었다. 삼삼오오 재잘거리는 학생들은 보기가 좋았다.

그리고 그 뒤로 낯익은 교수가 모습을 드러냈다. 검은 재킷에 흰 셔츠를 받쳐 입은 모습에서 학자의 기품이 엿보였다.

'기철균…….'

승우는 실루엣만으로도 그를 알아보았다.

"저기 나오는뎁쇼?"

석 반장도 마찬가지였다. 손에 쥔 빈 컵을 구기더니 기 교수에게 집중하기 시작했다. 기 교수는 여학생 셋의 무리와 함께 걸어왔다. 웃는 모습은 선량한 학자의 그것이었다.

'두 얼굴이라…….'

승우는 차창을 한껏 내리고 신력을 끌어 모았다.

후웁!

후끈한 영력이 기 교수에게 집중되었다.

"……!"

승우의 미간은 처음부터 일그러졌다. 특별한 영기는 없었다. 세 번째, 승우의 계획이 차곡차곡 틀어지고 있었다.

'재소자의 한낮 뒤틀린 발악에 불과했나? 사형수의 영기 역시 사악한 잡령이었고?'

씁쓸함이 온몸을 훑고 지나갔다.

“촉이 안 옵니깝쇼?”

석 반장이 낮은 소리로 물었다.

“아닌 거 같네요.”

승우는 솔직하게 인정했다.

“그럼 일찌감치 올라가십죠. 갈 때는 제가 운전하겠습니다요.”

“그러실래요?”

승우는 운전석을 양보했다. 그렇잖아도 내려올 때부터 나온 말이었다. 승우는 운전하는 게 편했지만 석 반장의 입장은 달랐던 모양이다.

‘내가 너무 서둘렀나? 우동구를 직접 봤어야 하는 건데…….’

때늦은 아쉬움이 들었다. 문상근의 탄원을 낸 우동구. 그를 만난 건 유 계장이었다. 일이 빗나가고 보니 별별 생각이 다 드는 승우였다.

하지만 어쩔 수 없는 일이기도 했다. 문상근에게 씐 사형수의 영기… 거기에 너무 빠져 있었다. 영기로 촉발된 일이니 쉽게 풀릴 것이란 기대가 컸던 탓이다.

“타십죠.”

시동을 건 석 반장이 조수석 옆에 서 있는 승우에게 말했다.

"예……."

승우는 조수석에 올라 안전벨트를 매었다. 부릉, 시동이 걸릴 때, 저만치 뒤에서 또 다른 교수 한 사람이 기 교수의 차를 향해 걸어 나왔다.

"빨리 오시오. 늦겠습니다."

차 안의 기 교수가 그를 향해 손을 흔들었다.

"죄송합니다. 강의가 좀 늦어져서……."

기 교수보다 열 살쯤 어려 보이는 장년의 교수. 그가 가까워졌을 때였다. 막 창을 닫으려던 승우, 오감을 밀고 오는 촉에 놀라 손을 멈췄다.

"……!"

"창이 안 닫깁니깝쇼?"

석 반장이 묻는 말은 귀에 들리지 않았다. 승우는 황급히 영력을 끌어 올렸다. 하지만 기 교수의 차는 승우를 기다려 주지 않았다.

"저 차 막으세요!"

승우가 소리쳤다.

"예?"

영문을 모르는 석 반장이 고개를 들었다.

"저 차 막으라고요, 어서!"

승우가 왼손을 뻗어 핸들을 두드렸다. 사태가 심상치 않음을 느낀 석 반장, 속도를 높이며 치고 나가 기 교수의 차량을 막아섰다.

"뭐요?"

진로가 막히자 기 교수가 차창을 내리며 각을 세웠다. 승우는 차 문을 열고 내렸다. 그리고… 조수석으로 가서 창을 두드렸다. 조수석의 교수가 창을 내렸다.

"뭡니까?"

그의 눈빛도 기 교수와 다르지 않았다.

대학교의 교수들은 캠퍼스 안에서는 겁날 게 없는 사람들이었다. 거기에 비하면 승우는, 신분을 밝히지 않았으니 불청객에 불과한 존재…….

"죄송합니다. 제가 찾는 교수님인 줄 알았는데 잘못 본 것 같습니다."

승우는 가만히 묵례를 올렸다.

"나 참… 사람 바쁜데……."

기 교수는 핸들을 돌려 승우의 차를 돌아나갔다. 승우의 눈은 차를 계속 따라갔다.

"검사님!"

차에서 내린 석 반장이 승우를 바라보았다.

승우의 시선은 천천히 각도를 꺾었다. 그 시선이 팔랑거리는 민민과 닿았다. 민민, 고개를 끄덕거렸다. 승우의 생각과 같다는 뜻이었다.

"반장님, 방금 기 교수 차 타고 나간 사람 신분 좀 확인해 주세요."

"검사님!"

"촉이 왔습니다!"

"……?"

그 한마디에 석 반장의 솜털이 송글 일어섰다. 송승우, 농담을 하는 얼굴이 아니었다. 농담을 할 자리도 아니었다.

"그렇죠!"

석 반장은 강의실을 향해 뛰었다. 그 모습을 보며 승우, 그제야 가만히 중얼거렸다.

'최은영의 영기…….'

아련한 영기……. 승우가 찾던 영기가 거기 있었다. 기철균이 아니라… 그 옆 남자에게!

3장

출근해야 돼

그 남자의 신원은 바로 나왔다.

천기덕!

당 48세. 기철균과 같은 학과 조교수였다. 대통령 훈장 서훈 결정자다. 일이 복잡해졌다.

그러고 보니 그 이름도 본 적이 있었다. 사무실로 돌아온 승우는 서류 뭉치를 뒤졌다. 그 역시 성적과 관련이 있었다. 한 번은 C+를 주고 또 한 번은 A+를 준 교수였다.

'어떻게 할까?'

승우는 계속 서류를 넘겼다. 그러다가 수사 당시의 유전자 조사 결과에서 손이 멈췄다.

Y 염색체 11개 유전자좌 일치…….

결과지에 박힌 이런저런 단어들이 시선을 흔들었다. 승우는 사실 늘 결과만 주목했었다.

범인이냐 아니냐? 그런데 이번에는 11개라는 숫자가 마음에 걸렸다. 왜 11개일까? 별수 없이 이성국 검시관에게 전화를 걸었다.

―유전자 검사 원리요?

막 부검을 끝내고 돌아왔다는 그는 반갑게 설명을 시작했다.

유전자 검사는 이제는 거의 만능 증거에 속한다. 기본 원리는 증폭한 DNA를 특정 제한 효소를 이용하여 절단하고 그 패턴의 일치도를 보는 방법으로 검사를 한다.

즉 범인의 것으로 추정되는 핵 DNA를 분석한 뒤에 용의자의 DNA를 분석하여 젤에 나타나는 패턴이 동일할 경우 범인으로 판단하는 것이다.

다만 주의해야 할 점이 있었다. 사람마다 다를 수 있는 이 염기 서열이, 같을 확률도 있다는 것. 이에 대한 해결책은 특정 부분만을 분석하는 것이 아니라, 최소 7개가량의 반복 부위를 분석하여 그 정확도를 99.9%로 맞추는 것이다.

실제 이러한 DNA는 머리카락 모근의 세포 핵, 백혈구의

DNA를 이용한다. 즉 아무 머리카락이라고 되는 것도 아니고 적혈구 또한 적합하지 않은 셈. 만약 모근이 없는 머리카락이라면 미토콘드리아 DNA 분석을 해야 하는데 과정이 아주 복잡해진다.

—그러니까 영화 같은 데서 가위로 머리카락을 잘라가는 건 잘못된 겁니다. 머리카락만 자르면 세포핵이 없거든요. 요즘 범죄 용의자들에 대해서는 주로 면봉으로 입안 세포를 수집하고요.

"그럼 이 내용은 정확히 어떤 상황입니까?"

승우는 결과서의 내용을 그대로 전해주었다.

"Y 염색체 11개 유전자좌 일치……."

—아, 동일 부계를 확인할 수 있다는 것으로 개인 식별까지 단정하기는 어렵다는 단서입니다. 다시 말해서 11개가 아니라 25개의 유전자좌를 놓고 분석하면 일치하지 않는 결과가 나올 수도 있지요.

11개라는 것엔 그런 오묘한 뜻이 숨겨져 있었다.

동일 부계라면 폭이 넓어진다.

"그럼 범인임을 단정할 수 없다는 뜻이군요?"

—그렇다고 봐야겠죠.

"그런데 재판부에서는 어째서 살인의 증거로 받아들였을까요?"

—다른 증거물이 있었겠죠? 증거는 상호 보완적이니까요.

"그렇군요. 설명 감사합니다."

전화를 끊었다. 유전자에 대한 개념은 제대로 정립이 되었다.

문상근이 범인이라는 결정적인 증거는 세 가지였다.

1) 앙심이라는 범행동기 성립

2) 두 현장에서 나온 담배꽁초.

3) 알리바이 부재.

여기에 보태 범인에 유사한 DNA 소유.

대가!

승우의 머리에 그 단어가 달려들었다. 승우가 만지작거리는 카드… 자칫 빗나가면 승우가 대가를 치룰 판이었다. 기철균과 천기덕의 입지가 그랬다. 상대가 학계에서도 우뚝 솟은 대학교수들이기 때문이었다.

하지만 승우는 이미 결정을 내린 후였다.

다른 건 몰라도 천기덕에게서 풍기는 영기만큼은 확실했다. 칼이 목구멍에 겨눠진다고 해도 마찬가지. 그보다 더 명쾌한 증거를 어디서 찾는단 말인가?

"차 수사관!"

승우는 수사관들을 대동하고 청사를 나섰다. 화살이 시위를 떠난 것이다.

"협조를 부탁드립니다."

전면에는 나수미가 나섰다. 그녀는 분석실 여직원 둘을 대동하고 있었다. 교수들의 체면과 입장을 고려한 배려였다.

수형자의 청원, 그로 인한 형식적인 수사임은 승우가 설명을 마친 후였다.

대상자는 모두 다섯 명. 사건 당시 재임 중이던 교수들에 변동이 있는 까닭이었다.

그런데 마냥 순조롭지만은 않았다.

"이거 명예훼손 아니오?"

제일 먼저 반감을 드러낸 건 기철균이었다.

"맞습니다. 우리가 용의자라는 겁니까?"

거기 천기덕도 가세를 했다.

"협조가 안 된다는 겁니까?"

승우가 묵직하게 되물었다.

"아니, 청원도 좋고 인권도 좋습니다. 그런데 왜 우리가 수사 대상이 되냐는 말입니다. 청원만 있으면 다른 사람의 인격은 무시되어도 되는 겁니까?"

천기덕이 갈기를 세웠다.

"교수님들만이 아닙니다. 현재 재수사 대상자로 정한 인원만 1,600명입니다."

물론, 생각나는 대로 붙인 말. 그러나 그 숫자가 주는 뉘앙스는 교수들을 압박하기에 충분했다.

"좋습니다. 정 협조를 안 하신다면 한 분 한 분 소환해 드리겠습니다. 철수해!"

승우, 숨 돌릴 새 없이 승부수를 던져 버렸다.

"이, 이봐요. 나는 그냥 여기서 하시오. 검찰청 가는 거 귀찮으니까."

첫 번째 교수가 검사를 자청하고 나섰다. 그걸 신호로 두 교수가 뒤를 이었다. 이제 남은 건 기철균과 천기덕뿐. 그들도 결국 입을 벌리는 수밖에 없었다.

"이것 참… 상아탑의 권위가 땅에 떨어졌으니……."

마지막을 장식한 천기덕은 쓴 입맛을 다셨다.

"어우, 천 교수라는 사람… 입 냄새 완전 구려요."

샘플 채취를 마친 여직원이 몸서리를 쳤다.

목적을 이루고 밖으로 나왔을 때였다. 실험실 담장 옆에 자잘한 실험 기구들이 박스에 담겨 있었다. 닳고 낡은 실험 도구를 새것으로 교체하는 모양이었다. 그중에서 루프와 핀셋, 와이어 등이 담긴 통이 승우의 시선을 끌었다.

비라도 맞은 걸까? 박스는 뒤틀어지고 루프와 핀셋에는 녹이 엿보였다.

'지방 공대들 중에 실험 환경이 열악한 곳이 있다더니…….'

대수롭지 않게 지나치려는 순간 녹슨 핀셋이 눈을 잡아끌었다.

승우의 기억이 뒤로 감기기 시작했다. 딱, 배수로에서 멈췄다. 오래 묵어 손때가 까맣게 낀 핀셋. 그리고 배수로에 주웠던 녹슨 핀셋… 둘은 같은 종류였다.

"핀셋은 뭐하시게요?"

옆으로 다가온 나수미가 물었다.

"어? 그냥……."

승우는 사무실로 전화를 걸었다. 그런 다음 수사관들에게 지시를 내렸다. 이어 나수미에게도 특명을 내렸다. 그런 승우의 모습을 커튼 사이로 내다보는 사람이 있었다. 기철균 교수였다.

승우의 차량이 멀어지자 그는 소파로 가서 앉았다. 어둠이 내려앉기 시작하는 교수실. 그런데도 불은 켜지 않았다. 잠시 후에 침묵을 깨는 노크 소리가 들렸다.

똑똑똑!

기철균은 소리를 따라 시선을 돌렸다. 잔뜩 굳은 얼굴이었다.

* * *

얼마 후에 사방이 어둠에 물들었다. 땅거미를 타고 진짜 거미가 내려왔다. 그들은 엉덩이를 짜내 집을 짓느라 바빴다. 승우는 사건 현장의 나무 아래에서 그걸 보고 있었다.

아침 거미는 복 거미, 저녁 거미는 근심 거미.

그런 말이 있었다. 엄마가 하던 말이었다. 따지고 보면 미신이다. 왜 과거의 모든 것은 미신이 되었을까? 선현들의 말씀은 보약이라고 너도 나도 인용하면서…….

인간의 이중성 때문이다.

마음에 들지 않으면 배척한다.

범죄도 마찬가지다. 최근 들어 묻지 마 범죄가 발생하지만 대다수의 범죄에는 인간의 이중성에 기인한다. 가해자에게 피해자는, 한마디로 내 편이 아닌 것이다.

원래는 한 공감대를 형성하고 있었던 면식범들. 어느 날 이해관계 때문에 그게 깨진다.

와장창!

심하면 결별이고 더 심하면 폭력, 혹은 살인이다.

최은영이라는 한 여자가 있었다.

착하고 성실했다. 여성으로서도 나쁘지 않았다. 승우는 일반적인 가설을 세워보았다.

최은영 vs 문상근!

화장실에서 악연이 되었다. 하지만 둘은 동창이다. 표면적으로는 사과도 주고받았다. 그 이후로 특별한 다툼은 없었다. 사이가 좋지 않을 수는 있지만 죽일 이유까지 연결하기는 힘들었다.

최은영 vs 기철균!

제자와 스승, 스승의 권위가 땅에 떨어졌다지만 모든 경우에 그런 건 아니었다. 더구나 기철균은 그 방면의 대가. 환경공학 쪽 바닥도 그리 넓은 건 아니니 다른 분야로 진출할 게 아니라면 눈 밖에 나고 싶은 사람은 없었다.

승우는 두 가지 가정을 해보았다.

가정 1. 최은영은 그 교수의 과목을 좋아했다. 증거는 학점이다. 다른 과목보다 압도적으로 퍼펙트한 성적이 그걸 증명한다. 따라서 교수의 총애를 받았다. 그러다 보니 교수 방에 자주 들렀다. 그러던 중 어느 한 장면이 문석근에게 오해를 샀을 뿐이다. 고로 기철균은 사건과 무관하다.

가정 2. 기철균은 최은영에게 흑심을 품었다. 학점을 후하게 주며 환심을 샀다. 초강력 갑의 우월한 지위를 무기로 성적 접촉을 원했다. 최은영이 거부를 했다. 자존심과 더불어 고소 등의 후환이 두려워 죽였다.

마지막으로 최은영 vs 천기덕.

상황은 기철균과 비슷하다. 그런데 좀 복잡했다. 한 학기 학점은 C+이고 또 한 학기는 A+…….

이번에는 영적 접근을 했다. 그 결론은 명쾌했다. 단 한 줄이다.

—**천기덕 범인, 혹은 최소한 공범!**

그사이에 사방은 완벽한 먹물로 변해 있었다. 저만치 도로 쪽에서 창백한 수은 빛이 들어오지만 배수로 쪽은 확실히 그랬다.

후웁!

본능처럼 최은영의 흔적을 탐색했다. 있다, 분명히 느껴진다. 하지만 가늘고 엷어 보이지 않는다. 그녀, 한의 흔적만 두고 떠난 건가?

"민민!"

승우가 민민을 불러냈다.

"네!"

민민의 빛이 사르르 떠올랐다.

"내기할까? 누가 먼저 이 근처에 떠도는 떠돌이 영기를 찾는지?"

"좋아요. 멧씨를 불러주세요."

"흐음, 질 생각은 없다?"

"아저씨는 코리아 신장이 있잖아요? 무시무시한……."

"아, 그렇지."

승우가 웃었다. 사람은 역시 남의 떡이 커 보인다. 승우에게는 신방울과 두 신장이 있지만 늘 코끼리들을 의식하는 것이다.

왜 아닐까? 민민은 그걸 타고 날 수 있다. 물속에도 들어갈 수 있다.

"자, 시작!"

멧씨를 던져준 승우는 민민과 반대편으로 돌아섰다.

'후읍!'

영력이 어둠을 뚫고 번져 나갔다. 승우가 찾는 건 '그 밖의' 영기였다. 음습한 들판… 어디엔가 떠돌이 영기가 있을 수도 있었다. 어쩌면 그날의 목격자일 수도 있었다.

'후읍!'

영력의 파동은 자꾸만 높아졌다. 민민을 이기려는 것은 아니었다. 여전히 생기가 전만 못한 민민. 어떻게든 먼저 영기를 찾아 그 수고를 덜어주고 싶었다.

간절함이 소득을 올린 걸까? 저 먼 도로 위에서 영기가 감지되었다. 하지만 그 영기는 허리가 접힌 몸이었다. 교통사고로 불의의 객이 되어 떠도는 영기였다. 승우의 영력을 느낀 영기는 흠칫 돌아보았지만 몸통을 끌며 사라져 버렸다.

아쉬움을 달래며 방향을 틀 때였다. 뒤쪽에서 민민의 소리가 들려왔다.

"찾았니?"

승우가 물었다.

"네, 여기요!"

민민이 나풀거리는 쪽으로 승우가 달렸다. 나무 뒤편, 농로를 따라 흐르는 작은 물길 앞이었다.

"……!"

어린아이 영기였다. 초등학교 저학년으로 보였다. 아이 영기는 무릎에 얼굴을 박고 있었다.

"얘!"

민민이 그 앞에서 하늘거리지만 영기는 쳐다보지도 않았다.

"말을 안 해요."

"잠깐만!"

승우가 신방울을 꺼냈다. 그러자 딸랑 소리가 울렸다.

[악!]

방울소리를 들은 아이가 자지러지며 엉덩이를 뺐다. 방울색은 변하지 않았다.

"착한 아이로구나. 왜 여기 있는 거니?"

승우가 조용히 물었다.

[엄마 기다려요.]

영기가 대답했다.

"엄마?"

[우리 엄마… 맛있는 거 많이, 선물 잔뜩… 사온다고 그랬거든요.]

어린 영기는 최근에 죽은 아이가 아니었다. 그렇다면 이 아이, 집은 나간 엄마를 기다리다 기다리다 죽은… 그래서 그리움이 한이 되어 남은 영기였다.

"너 여기 얼마나 있었니?"

[어제도, 그제도, 그그제도…….]

"혹시 말이야. 5년 전에도 있었니?"

[5년 전에도, 6년 전에도, 7년 전에도…….]

"이 누나 본 적 있어? 손에 선물을 많이 들었을 텐데?"

승우, 최은영의 사진을 보여주려고 핸드폰을 꺼냈다. 그러자 차에서 꺼내 함께 찔러두었던 핀셋 두 개가 툭 알몸을 드러냈다.

[나 그 집게 봤어.]

영기, 핀셋에 다가와 중얼거렸다.

'응?'

[집게 물에 버렸어.]

"누가?"

[어떤 아저씨…….]

아저씨…….

승우의 마음이 후끈 달아올랐다. 하지만, 일에는 순서가 있었다. 승우는 핸드폰을 열어 최은영의 사진을 띄워놓았다.

"혹시 이 누나 여기서 본적 있어? 선물을 들고 있었을 텐데……."

[선물?]

이번에도 영기가 반응을 했다.

"그래 선물… 자세히 좀 봐 봐."

[봤어요. 선물…….]

"선물 말고 이 누나……."

[누나 선물… 꼭 잡고… 죽었어. 이렇게!]

영기가 작은 손을 꼭 쥐어 보였다. 그건……. 피살자 최은영의 주먹과 같은 그림이었다.

"봤구나!"

[하루… 한 번… 봐…….]

영기는 먼 곳을 바라보며 풀썩거렸다.

"누가 죽였어. 혹시 이 아저씨?"

승우는 기철균을 띄웠다.

[이 아저씨 봤어.]

"……!"

그 한마디가 승우의 몸을 흔들었다. 역시 기철균?

"이 아저씨가 죽였어?"

승우, 최후의 확인을 위해 다시 캐물었다.

[아니!]

그런데, 영기가 기대를 엇나가 버렸다. 단호히 고개를 저은 것이다.

"봤다면서?"

[그 아저씨… 그 집게…….]

영기의 안개가 핀셋을 가리켰다.

"이 집게? 그럼 누나를 죽인 사람은?"

[몰라…….]

"좋아. 그럼 이 사람… 이 사람은?"

이번에는 천기덕이었다. 그러자 영기, 바로 고개를 끄덕거렸다.

"……!"

콰자작!

승우의 머리에 뇌성벽력이 일었다.

그 둘… 둘 다 살인 현장에 있었다는 얘기가 아닌가?

"부탁한다. 천천히… 본대로 얘기 좀 해줄래?"

[목 졸라……. 그리고… 집게 버려…….]

영기는 파닥파닥 맥없이 솟구쳤다. 그런 다음 반딧불처럼 허공을 맴돌았다. 민민이 그 뒤를 따랐다.

[엄마 찾아야 돼.]

“얘!”

[엄마 찾아야 한다고.]

영기는……. 두어 번 같은 말을 남기고는 맴돌이와 함께 사라져 버렸다.

“다른 데로 갔어요.”

민민이 빈 허공을 보며 말했다.

“그래…….”

“근처를 찾아볼까요?”

“아니… 민민도 쉬렴.”

승우는 민민을 말렸다. 밤새 기억 속의 세상을 헤맬 영기……. 민민까지 피곤하게 하고 싶지는 않았다.

나무로 돌아와 위를 올려다보았다.

밤… 깊은 숲을 이룬 나뭇잎은 비밀스럽게 보였다. 또 하나의 세계처럼 보였다. 나무는 알고 있겠지. 그러고 보니 나무야말로 진짜 목격자였다. 나무에 철퍽 기대앉아 영기의 말을 정리했다.

천기덕이 범인이다.

기철균은 공범이다.

결국 둘 다 범인이었다.

그런데… 기철균은 핀셋이란다. 그도 현장에 있었다. 핀셋으로 뭘 한 건가? 승우는 핀셋을 둘 다 꺼내 만지작거렸다.

핀셋의 기능…….

집는 것!

손이 닿지 않게 집는 것…….

최은영의 무엇을 집은 건가?

그때 승우의 손에 담배꽁초가 닿았다. 오래지 않은 것이었다. 누군가 나무 그늘 아래 쉬면서 한 대 빨고 간 모양이었다. 무심결에 그걸, 핀셋으로 집어 들었다.

"……!"

순간, 승우의 머릿속에 핵폭탄이 터졌다.

'담배꽁초……. 담배꽁초…….'

"가기는 했지만 나중에 갔어요."

문상근… 그의 말대로라면, 엄청난 모순이 있었다.

문상근은 나중에 왔지만 문상근의 체액이 묻은 꽁초는 이미 그 전에 발견이 되었다.

그건 있을 수 없는 일이었다.

'그러니까 이 핀셋…….'

그렇군. 승우는 결국 핀셋의 용도를 알아내고 말았다.

밤샘 고뇌에 대한 축복이었을까?

첫 햇살이 산을 넘어오고 있었다. 동시에, 어둠은 일제히 물러서기 시작했다. 아침은 희망이었다. 어스름과 함께 풀들이 잠을 깨고 나무도 기지개를 켰다.

그리고… 기지개를 켠 게 또 하나 있었다.

"아저씨!"

민민도 그걸 알았다.

승우는 꽃을 찾아가는 벌과 나비처럼 민민과 함께 걸었다. 흔적… 그 아련하던 흔적이 점점 가까워지고 있었다. 그러다 최은영이 걸린 'ㄴ' 자형 배수로에 닿았을 때, 승우는 보았다. 배수로 너머, 또 다른 배수로… 거기 걸린 그녀의 흔적. 너무나 생생한 그녀의 흔적을…….

아아!

승우는 숨이 막혀 아무 말도 하지 못했다.

기다렸다.

유전자 분석 결과가 나오기를…….

아무것도 손에 잡히지 않았다. 눈앞에 범인을 두고 애를 태운다는 건 차마 몹쓸 짓이었다. 승우는 전화가 울릴 때마다 경기를 일으켰다.

이 또한 지나가리니…….

따르릉!

마침내 기다리던 전화가 울었다.

"검사님!"

수화기를 들었던 나수미가 반색을 하며 승우를 돌아보았다.

"나왔어?"

유 계장이 먼저 목을 빼들었다.

"나왔어요. 천기덕의 DNA가 피살자 손톱 밑의 혈흔과 99.9 % 일치한대요."

99.9%…….

빼도 박도 못 할 범인이라는 뜻이었다.

"와우!"

나이 많은 유 계장까지 주먹을 불끈 쥐며 환호를 터뜨렸다.

"당장 체포하시죠?"

"그래야죠."

이제는 단순히 시간문제였다. 이미 그자의 곁에 차도형을 잠복시켜 두었기 때문이었다.

"차 수사관, 천기덕 전격 체포해. 그리고 기철균도!"

승우는 당장 차도형에게 특명을 내렸다.

"기철균도요?"

지시를 들은 나수미가 고개를 들었다.

"그놈도 공범이야. 여기 저기 손쓸지 모르니까 틈 주지 말고."

승우의 명령이 추상처럼 작렬했다.

* * *

끼이익!

가벼운 브레이크 소음과 함께 두 위선자가 압송되어 왔다.

“천기덕이부터 준비하세요!”

창밖을 보고 있던 승우가 지시를 내렸다. 천기덕은 4번 조사실로 배정이 되었다.

딸깍!

문소리와 함께 승우가 들어섰다.

천기덕은 잔뜩 독이 오른 표정이었다. 나름 명망이 높은 교수. 기분이 유쾌할 리 없었다. 그렇거나 말거나 승우는 창으로 다가가 커튼을 쳤다. 이어 천장의 전등을 소등했다. 천기덕의 눈빛이 승우에게 날아왔다. 그제야 테이블로 다가온 승우, 들고 있던 서류를 테이블에 거칠게 던지듯 놓으며 기선을 제압했다.

“눈 깔으세요, 이 교수님아!”

천기덕은 귀를 의심했다. 나름 고명하신 교수님이 아닌가?

“깔으시라고요!”

승우가 한 번 더 야릇하게 강조했다. 표정은 웃고 있다. 말도 높임말이다. 하지만 태도나 억양은 버러지를 대하는 것과 다르지 않았다.

"이봐요, 당신!"

뭐라고 항변하려는 천기덕에게 승우의 발이 날아갔다.

퍽!

가슴을 내지르자 천기덕, 억 소리를 내며 의자와 함께 뒤로 넘어갔다.

"……!"

그는 이제 혼비백산이다.

"일어나시죠!"

"……."

천기덕은 지성체의 모멸감을 이기지 못해 파르르 떨었다.

모멸감, 고작 모멸감이었다.

꽃다운, 아니 그 자체가 꽃인 여학생을 죽이고 고작 모멸감 따위를 보상받으려 하다니…….

"앉으세요!"

승우는 사납게 의자를 당겼다. 천기덕, 승우를 노려보고는 말없이 의자에 앉았다.

하지만!

와당탕!

다시 한 번 승우의 분노가 작렬했다. 의자를 빼버린 것. 또

널브러진 천기덕이 눈을 끔뻑거렸다. 교활한 이 인간, 유전자 시료 채취 이후에 해외 도피를 꿈꾸었다. 그러나 이루지 못했다. 그에게는 이미 출국 금지령이 내린 후였다.

전전긍긍하면서 탈출구를 찾았다. 아는 변호사, 아는 판검사……. 줄을 대다 송승우가 뭐하는 놈인지 알게 되었다.

최근 평판은 국민 영웅.

과거 평판은 개쓰레기 막장 검사.

둘 다 난해했다. 그런데 오늘 만난 송승우는 후자였다. 천기덕으로서는 더더욱 최악이었다.

참관실에서는 유 계장과 나수미, 차도형이 이 광경을 지켜보고 있었다. 녹화는 하지 않았다. 그들은 이제 승우를 완전히 신뢰했다.

조사실 안에서의 피의자 구타.

인격 모독.

당연히 불법이었다.

인권위나 판사들이 알면 시비의 대상이 된다. 하지만 증거가 없다.

승우, 멋대로 닦아세우는 것 같지만 그는 저 방면의 달인이었다. 비리 검사에 개쓰레기 검사 소리를 들으면서도 늘 중징계를 벗어난 것도 저 테크닉 때문이었다.

피의자를 최대한 모멸하고 패면서도 큰 상처를 입히지 않는 노하우. 오직 피의자의 자존심에만 치명타를 꽂는 그 고급 기술……. 그게 지금 찬란하게 작렬하고 있었다.

"우리 천 교수님! 대통령 상훈도 받으실 분이신데……."

한 발을 테이블에 올려놓은 승우, 상체를 숙이며 천기덕의 뺨을 건드렸다.

톡!

개쓰레기 자식아.

톡!

넌 인간도 아니야.

톡!

톡톡톡에는 그런 뜻이 담겨 있었다.

"머리 많이 쓰셨어요?"

"……."

"그래도 흰머리 하나 없으시네? 몸에 좋은 거 드시나? 검은 깨? 검은 콩?"

"……."

"오늘은 머리 잘 써야 할 겁니다. 옆방에 기철균 있는 거 아시죠?"

"……."

"묵비권 알 테니까 하고 싶으면 하세요. 잘난 권리는 찾으셔야죠."

이 개자식아!

욕설은 한 타임 뒤에 나왔다. 마침내 존댓말을 거둬들인 승우, 천기덕의 가슴을 제대로 내질러 버린 것이다. 승우는 쓰레기통을 들어 천기덕의 머리에 내용물을 쏟아부었다.

"……!"

천기덕의 얼굴이 구겨지는 게 보였다. 인내의 한계에 다다랐다는 신호였다. 승우는 내심 냉소를 뿜었다.

지식인!

사회 지도층!

이런 부류들은 오히려 다루기 좋았다. 대접에 익숙한 인간들은 인간 이하의 대접을 받을 때 화를 관리하는 법을 모르기 때문이었다.

"그럼 본격적으로 시작해 볼까?"

승우, 벽에 기댄 채 복잡다난한 미소를 지었다. 조사실 안에서 검사는 하느님과 동격이다. 염라대왕이다. 어떤 표정을 짓느냐에 따라서 피의자의 운명이 결정된다.

막말로 불기소나 혐의 없음을 외치면 당장 자유가 되는 것이다. 즉, 생사여탈권이 승우에게 있었다.

"변호사를 불러주시오!"

천기덕의 입이 짧게 열렸다.

"내가 변호사야."

"그럼 말하지 않겠소."

"그럼 여기서 뒈져."

"당신에게 주어진 건 48시간뿐이오."

"그건 다른 검사들 얘기고……."

승우가 히죽 웃었다. 순진한 천기덕, 그는 아직도 승우를 모르고 있었다.

"솔직히 내가 지금 널 찢어버리고 싶거든. 사실 나 아주 악질 검사였어. 그런데 너 같은 놈들은 더 악질이잖아? 왜냐고?"

승우가 가까이 다가왔다.

"나는 모든 사람들이 악질인 줄 다 알고 있었어. 그런데, 너희 두 인간들, 아니 고명하고 고명하신 교수님들… 너희는 두 얼굴이잖아? 숭고한 척, 고상한 척하고는 뒷구멍을 호박씨 팍팍. 인정하지?"

"……."

"딸이 둘이데? 고1 하나에 초등학교 6학년……."

그 말에 천기덕이 고개를 발딱 들었다.

"아아, 치사하게 걔들 데려다 저 참관실에 앉히지는 않을게. 화끈하게 남자 대 남자. 어때?"

"……!"

"대신 기회는 한 번뿐이야. 나 빡 돌면 눈에 보이는 게 없거든!"

승우는 최후 통첩장을 날렸다. 알아듣고 말고는 천기덕이 할 탓이었다.

천기덕!

치켜든 눈으로 승우를 바라보았다. 그러다 제풀에 무너졌다. 스러지는 눈동자 안에서 체념이 엿보였다.

자기 자신과의 타협, 자기 합리화……. 그런 게 미치도록 그의 뇌리 속에서 쿵쾅거렸다. 모든 것을 내려놓는 데… 달콤한 기득권을 포기하는 데 필요한 준비 단계인 것이다.

"내가 죽인 거 맞습니다."

석고상처럼 고개를 숙이고 있던 그의 입에서 웅얼거림이 새어 나왔다.

"그건 이미 알고 있어."

"……."

"그 과정… 너희 두 파렴치들의……."

"……."

"은영이……."

천기덕이 들릴 듯 말 듯, 피살자의 이름을 혀에 걸었다.

"계속해!"

묵직한 저음으로 닦아세우는 승우…….

"원래는 기 교수님의……."

노리개였습니다!

말줄임표와 함께 천기덕의 이야기가 시작되었다.

여성 편력이 찬란한 기철균. 1, 2학년 때부터 찜해둔 최은영. 그녀가 3학년이 되자 기회가 왔다. 자신의 전공과목의 강의를 듣게 된 것이다.

공연한 이유를 만들어 최은영을 불러댔다. 학점 인심을 쓰면서 그녀와의 스킨십 기회를 노렸다. 그러다 끝내 마수를 드러냈다.

3학년 기말고사, 따로 불러 순진한 최은영에게 작업을 건 것이다.

공기업 교수 추천 취업!

최은영으로서는 거절할 수 없는 환상이었다. 이제 곧 4학년. 그러나 바늘구멍보다 좁아진 정규직 취업시장. 그런데 괜찮은 공기업, 게다가 시험도 없는 교수 추천이라니…….

들뜬 마음에 거푸 받아 마신 술이 문제였다. 더구나 그날의 술… 이상하게도 뼛속까지 나른하게 만들었다. 나른함 속에서 기철균의 제안이 파고들었다.

안 돼요! 첫 대답은 그랬다.

"취업이 어렵다던데……."

"……."

"내년에 좋은 공기업에 추천 티오가 나오거든……."

최은영은 그 말에 무너졌다. 결국 기철균의 배설을 받아들이고 말았다. 그 오바이트 쏠리는 배설을…….

다음부터는 오토매틱이었다.

기철균은 시시때때로 최은영을 불러냈다. 은밀했지만 세상에는 비밀이 없는 법. 어느 날, 두 번째 악마 천기덕의 레이더에 둘의 행적이 잡혀 버렸다.

천기덕은 기철균의 제자였다. 동시에 그도 남자(?)였다. 그 역시 이미 부부 생활의 권태기에 접어든 사십 대의 중년. 그렇잖아도 기천득의 여성 편력을 은근 부러워하던 차에 잘된 일이었다.

그는 이미 최은영과 사연이 있었다. 성적에 있어 짠물이던 천기덕. 4학년 1학기 시험에서 최은영에게 평균 C+를 주었던 것이다. 당시 최은영은 천기덕을 찾아와 읍소를 했었다.

그러다 목격하게 된 기철균과 최은영의 사이…….

'나도 한 번?'

기 교수보다야 내가 백 번 낫지.

몹쓸 상상은 그렇게 현실로 옮겨지고 말았다.

4학년 2학기 중간고사, 시험 다음 날 천기덕은 최은영을 불러냈다.

"이번에도 좋은 성적 어렵겠어."

"이래 가지고 좋은 데 취직하겠어?"

두 마디면 충분했다. 1학기를 망친 최은영, 2학기에 A 이상을 받지 않으면 안 되는 그녀에게 있어 그는 갑 중에서도 수퍼 갑으로 자리 잡고 있었다.

그는 결국 자기 욕심을 채울 수 있었다.

이후로 두 악마의 마수는 앞서거니 뒤서거니 줄을 이었다. 심한 날은 생리일에도 호출을 해댔다. 그녀는 다른 부위로 봉사를 해야 했다.

기철균은 공기업 취업 미끼. 천기덕은 2학기 성적 보장.

둘 다 충족해야 했던 최은영으로서는 어떤 한 악마의 요청도 뿌리칠 수가 없었다.

문제는 악마끼리 통하게 되었다는 사실.

두 악마는 결국, 자기들이 한 여학생을 공유하고 있다는 사실을 알게 되었다. 그리하여 기득권이 조금 더 센 악마가 독점권을 주장했다. 천기덕은 아쉬웠지만 손을 떼는 수밖에 없었다. 아쉽지만 괜찮았다. 왜냐면 그 악마는 이미 노하우를 체득했기 때문이었다.

천기덕의 마수는 다른 여학생에게 옮겨갔다. 이번에도 같은 수작이었다. 3학년까지 성적 관리를 잘해 온, 그러면서도 반반하고 만만한 여학생이 타깃이 되었다.

이번 네 성적 C 제로야!

너 하기 나름이지.

그 말이면 충분했기 때문이었다.

그러던 어느 날, 기철균이 후배 악마를 불렀다. 최은영이 피살되기 나흘 전이었다.

"우리 둘의 생사가 걸린 문제야!"

기철균은 악마의 본성을 드러냈다.

코앞으로 닥친 교수 추천 취업, 최은영을 품기 위해 지어낸 떡밥이 현실 앞에 다가와 있었다. 그녀를 품기 위해 실제로 그 공기업의 간부까지 최은영과 함께 만났던 기철균이었다. 그래봤자 의례적인 인사를 나눈 것이지만 최은영을 속이기에는 그걸로 충분했었다.

아무렇든 이제 와서 돌이킬 수 없는 일…….

상심한 최은영이 경찰에 고발하거나 유서를 써놓고 자살이라도 한다면 기철균의 명예(?)와 인생에 종소리 요란할 일이었다.

"천 교수도 재미 좀 봤잖아?"

같이 처리하세!

그 말의 다른 표현이었다.

동지 의식… 기철균은 그 고결(?)한 단어를 앞세워 천기덕을 압박했다.

나아가 재임용… 생사여탈권도 넌지시 내밀었다. 곧 다가올 교수 재임용 심사. 이쪽 단과대학의 심사위원장이 바로 기철균이었다. 천기덕은 선택의 여지가 없었다. 어쩌면 그, 최은영을 농락한 시기는 짧았지만 기철균보다 횟수는 더 많았던 까닭도 한몫을 했다.

기철균이 불러내고, 천기덕이 목을 조르고, 기철균이 조작하는 시나리오가 완성되었다.

최은영의 목숨은 그 시나리오대로 집행되었다.

학과 교수이자 최은영의 지배자였던 기철균, 그녀의 스케줄을 꿰고 있었다. 파티가 끝날 즈음 미리 봐둔 공중전화에서 전화를 했다.

이 전화라면… 그는 문상근의 집 쪽을 바라보며 회심의 미소를 감췄다.

—거기로!

통화는 단 한마디였다.

집으로 향하던 최은영은 '거기'로 갔다. 내키지는 않았지만 거부할 수 없었다. 혹시라도 기철균이 공기업 측에 나쁘게 말하면 취업이고 뭐고 끝장이 나는 것이다.

끝장!

그건 안 될 말이었다.

나무 아래 기철균이 있었다. 한 악마가 주의를 끄는 사이에 숨어 있던 나무 뒤에 숨어 있던 악마가 목을 졸랐다. 양손에 출근을 위한 새 옷과 새 구두 쇼핑백을 들고 있던 최은영. 죽어가면서도 두 사람에게서 시선을 떼지 못했다.

그녀의 죄라면 단 하나다. 두 악마의 종으로 산 죄.

최은영이 늘어졌다. 그런데도 쇼핑백은 놓지 않고 있었다. 그녀… 죽어가면서도 생각하고 있었다.

출근해야 돼!

예쁘게 입고 가야 해!

기철균이 그녀의 쇼핑백을 강제로 뽑아냈다. 그래도 그녀의 주먹은 다시 쥐어졌다. 다른 악마가 그녀의 시신을 끌어다 배수로에 던졌다. 천기덕이 돌아오자 기철균이 핀셋을 뽑아 들었다. 핀셋에는 학교에서 주워온 담배꽁초가 잡혀 있었다.

그 꽁초는 무심하게, 흙 위로 드러난 나무뿌리 사이에 놓여졌다. 공중전화에서 그랬던 것처럼. 꽁초는 잘 보이지도. 잘 안 보이도 않을 자리였다.

둘은 소리 없이 둑길을 빠져나갔다. 빗발이 굵어졌다. 바람도 뒤를 이었다. 물이 불어나면서 물살이 최은영을 밀었다. 밤은 무심하게 깊어갔다.

기철균에게 최은영의 영기가 흔적만 있던 이유.

천기덕에게 그 영기가 강하던 이유가 나왔다.

"그러니까……."

천기덕의 이야기가 끝나자, 잠시 간격을 두었던 승우가 입을 열었다.

"……."

"용도 폐기 처분이었군."

"그건……."

"환경공학 전문가시라고?"

"예……."

"그러니까… 당신들의 달콤한 인생길에 유해 환경이었다?"

"……."

"그래서 소각 집행?"

"죄송합니다."

짜악!

순간, 강력한 파찰음이 조사실에 울려 퍼졌다.

"죄송의 방향이 틀린 거 아닙니까?"

승우의 눈빛은 섬뜩하게 변해 있었다. 악을 쓰는 것보다 더 오싹한 태도였다.

"하지만 은영이도 딱히 싫어하지는 않은……."

퍼억!

이번 소리는 좀 컸다.

참관실에 있던 눈들도 놀라 자리를 털고 일어섰다. 승우의 구두가 천기덕의 안면을 찍어버린 것이다.

"뭐라고? 다시 한 번 말해봐라. 이 개자식아!"

승우, 쓰러진 천기덕의 멱살을 잡아 벽으로 밀어붙였다.

"요즘 애들은 개방적이라……."

우적!

기어이 주먹까지 날아갔다. 천기덕은 코피를 뿜으며 주저앉았다. 놀란 유 계장과 차도형이 뛰어 들어와 승우를 떼어냈다.

"야, 이 개자식아! 너 같으면 너보다 20—30살 더 처먹은 늙은이하고 붙고 싶겠냐? 취업과 학점으로 갑질하지 않는데도 그 학생이 붙겠냐고!"

"검사님!"

"됐어. 이거 놔!"

승우는 제지하는 차도형을 떼어냈다.

"이 새끼들 한두 명 건드린 게 아니야. 여죄까지 전부 밝혀내고 그동안 이 학과 졸업한 여학생들 중심으로 전수조사 착수해. 작은 성추행이나 희롱 하나도 놓치지 말고!"

승우의 추상같은 지시가 떨어졌다.

* * *

승우는 잠시 휴식을 가졌다. 유 계장, 차도형과 자리를 바꾼 것이다. 조사실은 본격 심문으로 돌입했다. 이미 큰 그림이 그려진 판. 천기덕으로서는 더 숨길 것도 없었다.

"아저씨……."

멍한 승우의 시선에 민민이 솟아올랐다.

"쉬지 않고……."

"쉬어야 할 건 아저씨 같은데요?"

"나는 괜찮아."

승우가 웃었다. 민민에게는 그랬다.

"그럼 나도 괜찮아요."

승우는 민민을 두 손으로 감싸 올렸다. 빛은 여전히 조금 파리해 보였다.

"민민!"

"네?"

"진짜 아무렇지도 않아?"

"네……."

"그런데 왜 전보다 맥없어 보이지?"

"정말 그렇게 보여요?"

"응."

"그럼 영력이 빠져나가는 걸까요? 많이 움직이면 조금 기운이 없기는 해요."

"내가 너무 시켜먹었지?"

"그건 아니고요… 차차 나아질 거예요."

"그래야지……."

민민과 말을 나누니 마음이 가라앉았다. 그사이에 천기덕에 대한 1차 조사가 마무리되었다.

승우는 다음 차례로 넘어갔다.

기철균, 이놈은 겉 인상과 달리 교활하고 야비한 늑대였다.

"법의 처분에 맡기겠소."

처음부터 배째라로 나왔다. 그럴 만했다.

이놈은 자신의 행위에 대한 법률적 검토를 마친 후였다. 지인 변호사를 통해, 다른 사람의 법률 상담을 받는 척하며 처벌 수위를 알아두었던 것이다. 그게 문제였다.

기철균은 최은영을 죽이지 않았다. 사체 유기도 하지 않았다. 기껏해야 살인 교사나 사체 모독죄에 해당될 뿐이었다. 그걸 알기에 그는 흔들리지 않았다.

물론, 다른 여죄는 많았다.

우선, 핀셋에 의한 증거 조작죄가 있고, 성폭행과 성추행죄가 추가될 수 있었다. 그렇다고 해도, 그들 모두를 합친다고 해도, 실질적인 살인자인 이 인간에 대한 처벌로는 함량 미달이었다.

다음 날 오전에 중대한 제보 하나가 들어왔다. 기철균의 제자 여학생들을 탐문하던 권오길과 나수미가 건져낸 수확이었다.

〈전임강사 탈락 여강사 음독자살!〉

얼마 전 검색으로 보았던 기사의 주인공 한선주. 그녀의 여자 친구가 제보의 주인공이었다. 알고 보니 그녀 또한 기철균의 제물이었다. 자그마치 10여 년을 농락당한 여자였다.

수법도 동일했다.

—교수 자리를 주겠다.

그녀의 졸업 사진을 본 승우는 고개를 끄덕였다. 예뻤다. 눈부시도록 예뻤다. 과연 이 파렴치한 기철균이 눈알이 뒤집힐 정도로 매력이 넘치는 여학생이었다.

교수 자리!

그 또한 완전한 환상은 아니었다. 이 대학, 이 학과의 교수 채용 전권은 기철균에게 달렸다고 해도 과언이 아니기 때문이었다.

그래도 양심은 있었는지, 혹은 단물을 덜 빨았는지 그녀에게 강사 자리를 내주었다. 이어 전임강사를 미끼로 걸었던 모양이다.

"이 사건 기록 좀 받아와 줘."

승우는 나수미를 재촉했다.

여강사의 음독자살은 어쩌면 기철균의 짓일 수도 있었다. 하지만 무심하게도 특별한 상이점은 없었다. 그녀가 마신 농약은 시골에 사는 그녀 부모님의 집에서 몰래 가져온 것이었다. 음독 또한 목욕탕에서 했다. 기철균을 원망하는 유서도 없었다.

"그 교수하고 관계가 있는 건 분명했어요."

친구의 말에 따라 한선주의 진료 기록을 뒤졌다. 여강사는 세 번이나 낙태를 했었다. 따로 만나는 남자는 없었다는 친구의 말……

기철균은 누렸다. 치밀하게 누렸다.

그 결과, 많은 여학생들을 농락했지만 중죄가 될 만한 증거는 추가되지 않았다.

"검사님!"

새벽이 가까울 무렵, 기철균을 쪼아대던 차도형이 사무실로 들어섰다.

"더 나온 거 있어?"

승우가 물었다.

"아, 진짜 교활한 놈입니다. 셀카에 담긴 여학생들 나체 사진이 나와도 딱 그것만 인정하고 절대 입 안 엽니다."

차도형은 진저리를 쳤다.

기철균, 용의주도하게 나체 사진도 오래 두지는 않았다. 하지만 그는 모르고 있었다. 아이폰으로 생성한 정보는 데이터센터에 자동으로 보관하는 기능의 아이클라우드가 장착되어 있다는 것을.

"권 수사관!"

승우는 서류를 정리하던 권오길을 바라보았다. 수사관들은 벌써 며칠째 밤샘인지 몰랐다. 그나마 나수미라도 오늘 밤 쉬게 할 수 있어서 다행이었다.

"성추행이 몇 건 더 파악이 되었는데 심각한 건 아닙니다. 쫑파티나 과 단합 뒤풀이 같은 데서 은밀하게 접촉을 했다는……."

간보기다!

기철균은 그렇게 여학생들을 입질했다. 반반하고 마음에 드는 여학생이 있으면 슬쩍 간을 보는 것이다. 정색을 하면 열외, 받아들이면 농도 강화…….

"아, 진짜 내가 검사님 마음 이해가 되더라니까요. 확 몇 방 날리고 싶은 걸 겨우 참았습니다."

차도형은 계속 핏대를 올렸다.

"그러게 송 검사님이 이거라고요. 솔직히 우리야 그럴 깡도 없지만 어떤 인간은 송 검사님이 박살 낼 때 내 마음이 다 시원하거든요."

권오길도 차도형 편을 들었다.

'추가된 건 성추행 건이고…….'

승우는 정리한 사건 기록을 더듬어 나갔다. 메모를 보니 큰 메모들에는 밑줄이 처져 있었다. 해결이 되었다는 뜻이었다. 남은 건 두 개였다.

최은영의 새 옷과 새 구두의 행방…….

최초 유전자 검사의 결과…….

새 옷과 새 구두에 대한 건 지워 버렸다. 정신없이 바쁘다 보니 체크하지 못한 모양이었다. 그러나 피살자의 손톱 밑에서 발견된 미량의 혈흔, 그에 대조되어 나온 문상근의 유전자 결과는 여전히 궁금한 일이었다.

Y 염색체 11 유전자좌 일치. 그 말의 뜻은 같은 부계를 유추할 수 있는 거라던 검시관의 설명…….

그렇다면 문상근과 천기덕이 친척이라는 말이었다. 그래야만 유전자 검사가 들어맞는 것이다. 별안간 파고든 궁금증. 그러나 행정기관에 알아보기에는 너무 이른 시간이었다.

승우는 하늘을 보았다. 창밖으로 터진 하늘에서 별이 반짝이고 있었다. 마치 활기 찰 때의 민민을 고스란히 옮겨놓은 것 같은 별빛… 머잖아 새벽이 온다는 뜻이었다.

"저 인간들… 일단 재울까요?"

차도형이 물었다. 죄는 미워도 인간은 미워하지 말라. 그 원칙에 따르는 것이다.

"어휴, 저것들은 진짜 잠도 아깝다니까요."

권오길의 말이 승우에게, 신호가 되었다.

근엄한 학자의 가면을 쓰고 무수한 여학생들을 농락한 파렴치한 인간들. 그럼에도 불구하고 죄가 밝혀졌으니 어쩔 수 없이 벌을 받겠다는 악마들……. 승우, 그 악마들에게 안겨주고 싶은 선물이 있었다.

실험은 전에 이미 마쳤다.

이름하여 빙의 공유!

한성범 의원을 엿 먹이면서 응용의 효과를 만끽했던 승우, 또 다른 시도라고 망설일 이유가 없었다.

시연자는 권오길이었다. 피로를 풀어준다는 이유로 영력을 실어준 승우. 혼자 쾌재를 불렀다. 권오길이 민민의 파란 불을 본 것이다.

그렇다면 승우가 머리에 그리는 방법도 안 될 게 없었다.

"미안하지만 누가 운전 좀 할 수 있어?"

승우가 두 수사관을 향해 물었다. 차도형과 권오길이 동시에 손을 들었다. 승우는 권오길을 찜했다.

"두 놈 다 차에 실어!"

두 파렴치 교수가 대상이었다.

권오길은 승우의 추상같은 지시를 수행했다.

*　　*　　*

"더 밟아!"

조수석의 승우는 권오길을 재촉했다.

새벽녘 뻥 뚫린 도로. 그렇다고 해도 속도계는 이미 140을 넘고 있었다. 권오길은 토를 달지 않았다. 이유도 없이 재촉할 승우가 아니었다.

빠아앙!

삐뽀삐뽀!

차량의 경적은 걷히는 어둠과 뒤섞여 멀어졌다. 승우는 초조한 듯 시계를 자주 보았다. 아직은 밝지 않았다. 이 순간만은 승우, 해가 지각하기를 바랐다.

끼이익!

차가 멈춘 곳은 범행 현장이었다. 돌아보니 두 범인은 잠들어 있었다. 승우는 깨우지도 않고 둘을 끌어내렸다.

"……!"

비몽사몽 고개를 든 두 교수는 그곳이 어딘지를 알았다.

"여기서 기다려!"

권오길에게 지시를 남긴 승우가 두 교수의 등을 밀었다.

"여긴 왜?"

"현장 검증해야지!"

승우는 냉혹하게 대답했다.

하지만 방향이 달랐다. 그들이 멈춘 곳은 나무 아래가 아니었다. 'ㄴ' 자 모양의 배수로. 그 뒤에서 이어지는 또 다른 배수로 앞이었다.

"후우!"

기철균의 입에서 안도의 숨이 밀려 나왔다.

"왜? 다행히 사람 없을 때 현장 검증하는 것 같아서?"

"……."

의표를 찔린 기철균은 입을 다물었다.

"착각하지 마. 당신들한테 보여줄 게 있어서 온 거니까."

"……."

"궁금하지 않아? 내가 왜 여기로 왔는지?"

"……."

"여기 당신들이 꼭 봐야 할 사람이 있거든."

승우의 말에 둘은 서로를 바라보았다. 무심하게 흐르는 배수로. 그 물결에 비치는 무심한 별빛. 여기 뭐가 있다는 건가? 두 사람은 소리 없는 냉소를 내뿜었다.

"그 전에 먼저……."

승우가 품에서 사진 한 장을 꺼내 보였다. 바로 여기서 건져낸 유품이었다. 오랜 세월에 흙물이 들고, 가죽이 불어터진 구두 한 켤레……. 눈앞의 소용돌이 안에는 아직도 이 물건이 맴돌고 있었다. 승우가 사진만 찍고 그대로 넣어둔 까닭이었다.

"……!"

두 교수는 그게 뭔지 알아보지 못했다.

"왜들 이러셔? 당신이 이거 뺏어서 배수로에 던졌잖아?"

승우의 시선이 기철균에게 향했다.

"그 쇼핑백?"

기철균이 웅얼거렸다.

"그래. 그날 밤 비가 많이 왔지. 바람까지 부는 바람에 저쪽 배수로가 넘치면서 여기 반대편으로 넘어왔어. 하지만 최은영의 갈망이 그치지 않아 영영 떠내려가지 않고 여기 남은 거야."

"……."

"최은영… 죽으면서도 그걸 놓지 않았었지. 왜인 줄 알아?"

승우는 반대편 배수로를 바라보며 말을 이었다.

"출근해야 했거든!"

여전히 담담한 두 교수들. 승우는 그들의 뒤로 돌아 기철균의 오른손과 천기덕의 왼손을 잡았다. 남은 두 손에는 수갑이 채워진 까닭이었다.

"잘 보라고. 당신들이 무슨 짓을 한 건지……. 이 개자식들아!"

후끈 분노를 뿜은 승우, 영력을 높이며 태을신장의 신력을 불러 내렸다.

'후우웁!'

후웁!

두어 번, 승우의 영력이 발산되자 사방에 한기가 몰아쳤다. 느닷없는 공포에 오싹해진 기철균이 먼저 신음소리를 냈다.

"으으으!"

그와 동시에 승우가 형성한 영력이 두 사람의 몸으로 스며들었다.

움찔!

승우는 느꼈다. 두 사람의 몸이 반응하는 걸…….

처음에… 기철균과 천기덕은 아무것도 보지 못했다. 그러나 뭔가 생경한 감각이 들어오는 건 알았다. 두려움과 공포, 거기 이어지는 막막함과 전율…….

그사이에 사방이 밝아왔다. 아침… 또다시 지구의 하루가 시작되고 있었다.

"……!"

뭔가를 본건 기철균이 먼저였다. 소용돌이가 돌아나가는 배수로… 그 위로 안개 같은 무엇이 담담하게 피어오른 것이다.

"아아……."

두 악마는 휘청거리는 의식을 가눌 길이 없었다.

그들은 들었다. 귓전을 후비고 들어오는 피를 말리는 웅얼거림…….

[출근해야 돼!]

[출근해야 돼!]

소용돌이 위에서 헛걸음을 걷는 건 최은영의 영령이었다. 새하얗게 바랜 영령의 목에는 천기덕의 손자국이 또렷하고 입에서는 검붉은 피가 흘러내렸다. 그녀의 양 손에는 새 옷과, 새 구두를 담은 쇼핑백이 들렸다. 혼이 되어서도 그녀… 그것들을 놓지 않은 것이다.

출근…….

그녀의 혼령이 딱 한 번 보이는 이유였다. 한을 품을 새도 없이 죽은 그녀, 영기가 약해 간절함이 밤새 모인 이 시간에야 영기가 뭉쳤다. 덕분에 승우도 처음에 그 영기를 찾아내지 못한 것이다.

마침내 해가 떠오르자 혼령은 단 한 번, 두 교수를 돌아보았다. 텅 빈 그녀의 시선. 그 시선은 두 교수의 심장에 낙인을 찍었다.

[출근해야 돼.]

그녀는 그 말을 남기고 신기루처럼 사라졌다.

승우는… 그제야 두 사람의 손을 놓아주었다. 영력 공유, 즉 임시 빙의를 멈춘 것이다.

"으……."

교활하던 기철균에게도 그건 충격이었을까? 그가 짚단처럼 쓰러졌다. 이어 천기덕도 그 자리에 맥없이 주저앉았다.

그때였다.

오랜 시간 동안 맴돌이를 하던 옷과 구두가 뱅글 제자리를 벗어나더니 배수로를 따라 흘러갔다. 그녀의 한이 풀린 것일까? 아니면 저 하늘에 좋은 직장이라도 생긴 걸까?

승우는 멀어지는 옷가지를 향해 합장을 올렸다.

출근, 이제는 하늘나라에서 시작될 한 젊은이의 새 출발. 거기서나마 희망차고 행복하기를…….

4장

665g의 충성

어이 상실! 인성의 상실!

기자회견장에서 나온 기자들 역시 한결같이 고개를 저었다. 있을 수 없는 일이었다.

다른 곳도 아니고 학문과 예술을 꽃 피우는 지성의 상아탑에서 자행된 일이었다. 수사로 드러난 성 피해자만 30여 명에 달했다. 이들 중 일부는 직접 성을 유린당했고 일부는 성추행 피해를 입었다. 그러나 기철균이 워낙 우월한 지위인 데다 은밀하게 자행한 악행이라 표면화되지 않았던 것이다.

기자회견은 그냥 사무실에서 열었다. 승우가 원했다. 거창하게 회견장을 이용하느니 실용성을 중시한 선택이었다.

"그럼 최초의 유전자 검사는 어떻게 된 겁니까?"

기자 하나가 핵심을 찌르고 들어왔다.

"과학의 맹신이 만들어낸 허점이죠. 대개 유전자로 확인된 결과라고 하면 신뢰도가 높아집니다. 이 사건 또한 마찬가지였습니다. 다만 기소나 재판 과정의 실수라기보다는 첨부된 또 다른 증거의 증거능력이 높았던 점을 주목하시면 이해가 될 겁니다."

승우가 의미하는 건 담배꽁초와 문상근의 알리바이 부재였다.

담배꽁초는 기철균이 작심하고 준비한 회심작이었다. 거기에 방어 능력이 없는 문상근. 그의 체념이 시나리오의 대미를 완성시켜 주었던 것이다.

과 교수로서 문상근과 최은영의 반목을 알고 있던 기철균. 그 또한 주도면밀한 계획성이 아닐 수 없었다.

"그럼 동일 부계를 확인할 수 있다, 이 단서는 뭘 의미하는 겁니까?"

또 다른 기자가 손을 들었다.

"그건 유전자 전문가에게 물어봐 주시기 바랍니다. 저는 살뜰하게 설명할 자신이 없습니다."

"마지막으로 한마디 묻겠습니다. 병원에 있는 기철균은 어떻게 되는 겁니까?"

"그 또한 의사의 정밀 진단이 나와 봐야 될 것 같습니다."

승우는 그쯤에서 기자회견을 마무리했다.

기자들은 끝이 없다. 자르지 않으면 밑도 끝도 없고 결국 가십까지 이어지기 때문이었다.

〈취업 예정 여대생 살인 사건〉

이렇게 끝을 맺었다.

문 앞에 서 있던 지검장과 오 부장, 그 밖의 간부들이 다가와 치하를 해주었다. 이어 유 계장이 제일 먼저 손을 내밀었다. 그 뒤를 석 반장과 차도형 등이 이었다. 승우는 나수미의 손을 잡는 것으로 상호 격려와 수고의 인사를 마쳤다.

후우!

기자회견은 사실 성가신 일이었다. 어쩌면 난해한 업무에 못지않은 일. 그래도 사건이 잘 종결되어 다행이었다. 기자회견에서 승우가 미뤄둔 결론은 두 가지였다.

먼저 기철균은 지금 입원 중이다. 그날, 최은영의 혼령을 두 눈으로 본 후로 패닉 상태에서 깨어나지 못했다. 이따금 헛소리를 하기도 한단다. 하지만 모든 기능이 급저하 중이라 하루가 다르게 상황이 나빠지는 중.

'아마 오래 버티지는 못할 듯…….'

승우는 의사의 말을 떠올렸다. 그렇기에 그에 대한 구속집행은 미루어 두었다. 어쩌면 그 집행은 최은영의 혼과 기철균의 양심이 맡은 건지도 모른다. 지금 저 상태가 계속된다면 사형이다. 그것도 최단 기간 집행 기록이 나올 것 같았다. 뒤탈도 없는 사형 집행…….

한국에서 사형 집행은 이미 오래전에 중지되었다.

사형 역시 검사의 업무에 속한다. 형사소송법상 사형의 집행은 검사의 권한에 속한다.

검사는 사형 집행을 주관하고 완전히 사망했는지 확인해야 한다. 그리고 형을 집행한 교도관들을 데리고 나간다. 밤새도록 술을 마신다. 누구 하나 제정신이면 안 되는 것이다. 그런 다음 함께 여관이나 모텔에 가서 뻗는다. 지금은 사라졌지만, 그게 형 집행 뒤의 풍경이었다.

재판보다 바람직한 일이었다. 그는 대통령과도 친분이 있는 인간. 여기저기서 사실 확인입네, 어쩌고 하며 사공이 몰려들면 골치는 승우의 몫이 될 판이었다.

다음으로 말을 아낀 게 문상근이었다.

Y 염색체 11개 유전자좌 일치.

승우는 이제 그 말의 뜻을 알고 있었다. 나아가 실증도 했다. 그 과정에서 치명적인 사연이 나왔다.

알고 보니 천기덕… 그는 문상근의 혈족이었다. 승우의 지시로 두 사람의 호적을 캐던 나수미가 건져 올린 쾌거였다.

천기덕과 문상근은 정확히 7촌 사이. 그러나 문상근의 아버지가 일찌감치 죽으면서 서로 교류가 없던 탓에 친척인 줄도 모르고 살아온 것이다.

현대인의 무심함.

그게 불러온 비극의 연결이었다. 7촌이 그리 가까운 사이는 아니라고 해도, 서로가 알고 있었다면 천기덕이 그런 마음을 먹지 못할 수 있는 일이었다.

그래서 승우가 모른 척 넘겼다. 원래 말 지어내기 좋아하는 기자들. 그들의 가십거리로 회자되기에는 문상근에게 또 하나의 아픔이 될 일이었다.

"회식 가시죠. 끝내주는 데로 예약되었습니다."

기자회견까지 마무리되자 유 계장이 법인카드를 흔들었다.

"으아, 한우라도 먹는 겁니까?"

차도형이 반색을 했다.

"한우는 한우인데 한우내장탕!"

"아, 진짜……."

기대가 폭석 무너졌다.

"아무튼 나가자구. 나도 속에서 꼬르륵 파도가 치고 있어서리……."

석 반장이 의자를 밀고 일어설 때였다. 직원들 표정은 아주 좋았다. 사건이 마무리된 것도 그렇지만 뭔가 다른 일이 있는 것 같은 눈치. 그러나 너무 많은 걸 알려고 하면 안 된다. 수사관들은 그들만의 공감대가 따로 있기도 한 까닭이었다.

막 자리에서 일어서려 할 때 승우 책상의 전화가 요란하게 울었다. 문상근으로부터 걸려온 전화였다.

—검사님, 고맙습니다!

문상근의 목소리가 울먹울먹 넘어왔다. 아직은 교도소에 있을 문상근. 교도소 측에서 전화를 걸 수 있도록 배려를 한 모양이었다.

—나가면 꼭 한번 찾아뵙겠습니다. 정말 고맙습니다!

"그전에 나하고 약속한 거 잊지 마라."

—약속요?

"결백을 밝혀주면 네 목숨이라도 주겠다던 맹세……."

—아!

"나오면 목숨이 헉헉거릴 정도로 열심히 살아. 괜한 자격지심에 스스로 무너지지 말고."

—예!

"그리고… 그 사형수 있잖아? 너한테 달라붙었던 그 양반 고향에 한 번 찾아가 보고."

—그럴 생각입니다. 어쨌든 그분 때문에 이 시작을 할 수 있었으니까요.

"살다 힘들면 찾아오고……."

—고맙습니다. 검사님!

승우, 문상근의 힘찬 대답을 들으며 전화를 끊었다. 그리고, 기다리는 수사관들을 향해 더 힘차게 외쳤다.

"자, 갑시다!"

한우내장탕이 나왔다.

국물이 얼큰하고 좋았다. 승우는 남은 국물을 그릇 째 들고 바닥까지 비워냈다.

하아! 좋다.

세상이 이 정도만 진국이면 얼마나 좋을까?

*　　　*　　　*

"검사님!"

끝이 딱 잘라지는 발음과 함께 나수미가 커피를 내밀었다. 무려 테이크아웃 커피였다.

"웬 거야?"

승우가 물었다.

"어우, 웬 시치미세요?"

나수미가 애정 어린 눈총을 보내왔다.

"시치미?"

"그 있잖습니까? 찬밥 단골 306호실에도 따끈한 볕이 들었다 이겁니다."

유 계장이 끼어들었다.

"따끈한 볕이라면?"

"기적 말입니다. 우리 전부가 성과급 S등급을 받았거든요."

"아! 그거……."

그제야 승우, 지나간 일이 생각났다. 수사관들이 왜 싱글벙글거리는 지도 알게 되었다.

검찰총장과의 미팅, 그리고 거기서 부탁했던 직원들 사기……. 그게 모든 수사관 성과급 S로 화답된 모양이었다.

S등급!

S 라인처럼 공무원들이 좋아하는 등급이다. 이 등급을 받으면 성과급이 왕창 나오기 때문이었다. 누구나 바라는 떡이지만 승우 밑에서는 꿈도 꾸지 못하던 등급이었다. 그러기에 306호로 이동이 되면 누구든 체념을 하는 게 관례였다.

그런데 그 관행이 깨진 것이다. 그것도 전 직원에게.

"그래서 제가 대표로 뇌물 바치는 거예요. 별거 아니지만 맛나게 드시고 우리 다른 부서로 보내지 말아주세요."

나수미가 웃었다. 커피를 받아 든 승우도 웃었다. 함께 미친 듯이 고생하고 받아든 작은 열매, 라인을 타고 뒷구멍으로 챙겨주는 것과는 격이 달랐다. 면이 제대로 서는 것이다.

"아무튼 다들 긴장하라고. 내가 아까 들었는데 다음 이동 때는 우리 방이 직원들 지원 1순위가 될 거라는 소문이야."

유 계장이 주의를 환기시켰다.

"으아, 그러면 안 되죠? 이렇게 되도록 터 닦은 게 누군데요?"

차도형이 엄살을 떨었다.

"그나저나 차 수사관!"

"네?"

빨대를 찾던 차도형이 승우를 바라보았다.

"내가 부탁한 거 알아봤어?"

"아, 그거요? 장율 씨도 누가 만든 것까지는 모른다던데요? 할머니에게 물려받은 것이라……."

차도형이 어깨를 으쓱해 보였다.

"그래?"

"뭔데 그러시나?"

구석의 석 반장이 묵직하게 끼어들었다.

"이전에 해결한 사건 말입니다. 거기 용의자로 몰렸던 분에게 은장도가 있는데 그 칼과 칼집을 누가 만든 건지 좀 알아보라고 하셔서……."

"사진 있어?"

"예, 여기……."

차도형, 석 반장에게 핸드폰 화면을 열어주었다.

"나한테 한 장 보내놔."

"알아보시게요?"

"알아봐야지. 나도 오자마자 S 등급 받은 죄가 있으니……."

석 반장은 푸근한 웃음으로 말을 맺었다.

나무 칼집 안에 든 은장도는 보기보다 비범했다. 대체, 대체 누가 만들었기에 그토록 놀라운 신통력이 들어 있었을까? 표면에 새긴 부적 조각도 놀라웠지만, 은장도와 칼집, 부적이 일체를 이루지 않고서는 불가능할 일이었다.

승우는 서랍을 열어 샴펙나무 목곽을 꺼냈다. 이어 출근과 동시에 그 안에 담아두었던 코끼리들을 꺼냈다.

어쩌면 은장도 칼집도 이 샴펙나무와 같을 수 있었다. 칼집 안에 든 은장도. 그리하여 오랜 시간이 지나도 물체에 영력을 유지하는…….

다시 사건 검토를 시작하려 할 때 핸드폰이 울렸다.

"……!"

승우는 얼른 집중했다. 발신자는 검찰총장이었다.

"총장님!"

그 한마디가 나오자 수사관들은 숨을 죽였다. 승우는 창가에 서서 통화를 했다. 치하에 이어 어려운 오더가 떨어졌다.

—압력은 아니네만…….

총장의 압력 아닌 압력 속에 들어 있는 화두는 개였다.

삽살개!

정확히는 삽살강아지였다.

—청와대에 들어갔더니 대통령께서 오찬 중에 지나가는 말로 화두에 올린 말씀이라네. 어제 청와대 민원으로 접수된 거라던데……. 어찌 그냥 화두겠나? 에둘러 표현한 거지. 바쁘더라도 한번 검토나 해보시게.

총장의 격려는 그렇게 끝을 맺었다.

"검찰총장님이십니까?"

귀를 세우고 있던 차도형이 물었다.

"그래."

"뭐 안 좋은 내용입니까?"

유 계장이 가세했다.

"그건 아니고요……."

승우는 창가에 선 채로 핸드폰 검색을 했다.

삽살개!

뭔지도 모른 채 수사관들에게 부담을 주기는 싫었다.

톡!

검색을 건드리자 검색어가 주르륵 튀어나왔다.

〈5세 어린이 실종 일주일째—같이 나간 삽살개는 웅덩이에서 처참하게 살해된 채 발견.〉

실종이다. 그것도 갓 다섯 살 어린아이…….

아직도 아픈 상처로 남은 배다경의 애잔함이 뇌리를 뚫고 갔다.

'아무래도 핸드폰으로는 안 되겠군.'

승우는 책상으로 돌아갔다. 큰 화면을 열자 한결 보기가 나았다.

실종은 늘 복잡한 단어였다. 여러 가능성이 혼재하기 때문이었다. 설상가상, 시간은 일주일이나 지나 있었다.

일주일!

납치나 유괴라면 소위 '넘사벽'인 시간이 흐른 셈이었다. 어린이 납치나 유괴의 경우 실종 3시간이 경과하면 사망 확률이 7할에 이른다. 인터넷에 오른 사건이라면 이미 공개수사를 하고 있을 마당…….

"계장님!"

승우가 고개를 들었다.

"예?"

"오더 아닌 오더가 내려왔는데 좀 알아보셔야겠습니다."

이미 총장의 전화를 받는 걸 지켜본 유 계장, 군말 없이 다음 말에 귀를 기울였다.

"관할은 평화 경찰서고요 어린이 실종 사건, 오늘이 딱 일주 됐다네요."

또 어린이?

배다경 일로 가슴이 녹아내렸던 수사관들이 움찔 반응을 해왔다.

"여보세요!"

유 계장이 수화기를 들었다.

10여 분이 지나 수사 자료가 들어왔다. 승우는 유 계장과 함께 회의 테이블에 앉아 자료 검토에 착수했다.

"이것도 앰버 경보가 좀 늦게 발령되었군요."

유 계장이 말했다. 앰버 경보는 어린이 실종을 알리는 경보다.

실종 어린이는 남자 아이, 나이는 다섯 살, 목격자나 CCTV 흔적은 없음.

"단서는 이거뿐이로군요."

유 계장이 서류 한 장을 뽑아놓았다. 삐뚤빼뚤 손으로 쓴 협박장이었다.

—백종택 이 인간아, 니 손주는 내가 데려간다. 살리고 싶으면 1억을 이 통장에 입금하거라.

1억!

현금 요구가 나왔다.

"입금했군요?"

승우가 서류를 보며 말했다.

사건 발생 3일 후, 3천만 원이 입금되었다. 그 돈은 베트남에서 300여만 원이 출금되었다. 한국에서 만든 해외 겸용 캐시 카드였다. 상황을 주시하던 경찰이 바로 출금을 정지시켰다. 그 후로 다른 협박이나 연락은 없었다. 출금으로 인해 수사가 진전될 것으로 기대했지만 그렇지 않았다.

카드가 대포 카드였다.

범인을 추적해 잡았지만 그는 알코올중독의 노숙자였다. 작년에 누군가에게 10만 원을 받고 신상을 넘긴 건만 기억하고 있었다.

실종 사건이 일어난 동네는 크지 않은 소도시 동네.

실종자의 할아버지가 그 동네 유력자로서 일수놀이를 하고 있었다.

경찰은 동네 사람들과의 원한 쪽으로 보고 수사를 진행했다. 더구나 손 편지가 나온 상황. 조금이라도 의심이 되는 사람은 전부 필적 감정에 들어갔다.

나아가 헬기와 의경 5개 중대를 동원하여 동네 반경 4㎞를 집중적으로 수색했다. 그러다 실종 어린이의 집에서 600m 쯤 떨어진 웅덩이 주변에서 혈흔을 발견했다.

사람의 것은 아니었다.

안도와 실망을 동시에 느끼는 순간이었다. 혹시 몰라 웅덩이의 물도 모두 퍼냈다. 거기서 혈흔의 주인공이 나왔다. 실종 어린이 백지훈의 단짝 강아지 '싸리'였다.

"이게 바로 그 삽살개로군요."

유 계장은 웅덩이에서 나온 삽살개 사진을 보았다. 개라기보다는 강아지에 가까웠다.

삽살개의 부검은 나온 상태였다. 결과는 몹시 처참했다.

늑골 13쌍 손상!

그 아래 몸무게 쪽에 밑줄이 보였지만 그냥 넘어갔다. 강아지의 몸무게 따위가 중요한 게 아니었다.

부검 결과 강아지는 애당초 한쪽 시력이 없는 상태. 장애 강아지라는 말이었다. 그 또한 마음을 무겁게 만드는 요인이 되었다.

13쌍… 개의 늑골은 보통 13쌍이다. 그러니까 그게 전부 다 박살 났다는 얘기였다. 웅덩이 주변에 낭자한 혈흔은 삽살개의 것이었다.

백지훈의 단짝 강아지 싸리의 무참한 주검.

그런데 백지훈은 백씨 가문의 8대 독자였다.

무려 8대 독자!

할아버지 백종택의 눈을 돌게 만드는 일이었다. 지역 토박이이자 유지급인 그는 서장을 닦달해 웅덩이 물을 퍼냈다. 폐쇄된 학교 우물과 작은 연못의 바닥까지도 뒤엎었다. 그래도 나오는 건 없었다.

서장을 볶아도 진전이 없자, 백종택은 백방으로 탄원을 돌리기 시작했다. 그게 돌고 돌아 승우에게 도착한 것이다.

"강아지와 같이 나간 모양인데 강아지를 이 정도로 죽였다면……."

유 계장의 입에서 한숨이 새어 나왔다.

실종된 지 일주일…….

협박도 이어지지 않는 상황…….

돈은 해외에서 300여만 원 인출.

안타깝게도 백지훈의 생존 가능성은 '거의' 없었다.

"피해자들에게는 안됐지만 우리까지 나서는 건 수사력의 낭비 같습니다."

유 계장, 냉철한 제안을 던졌다. 생존 가능성이 없는 사건에 옥상옥으로 가세할 필요가 없다는 말이었다.

어쩐다?

잠시 생각에 잠길 때 삽살개 부검서의 체중에 쳐진 밑줄이 보였다.

―무게 : *665g*.

665그램.

생각보다 너무 가벼웠다. 아무리 성견이 아니라지만 삽살개는 작은 개도 아니지 않은가?

"왜요?"

서류를 챙기던 유 계장이 물었다.

"잠깐만요."

승우는 그 길로 이성욱에게 전화를 걸었다. 그는 자기 소관이 아니라며 잠깐 기다려 달라고 했다. 그리고 잠시 후에 돌아와, 놀라운 말을 전해주었다.

미스터리 체중!

그가 한 말은 그것이었다. 동물 부검팀에서도 이해가 안 되어 밑줄을 넣었다는 것. 아무리 강아지라고 해도 미스터리라고 할 정도로 무게가 안 나간다는 말을 전해왔다.

미스터리!

대통령이 아니라, 총장이 아니라, 그 말이 승우의 마음을 잡아 세웠다.

"계장님!"

통화를 끝낸 승우, 부검서를 든 채 유 계장을 바라보았다.

"촉이군요?"

그가 먼저 웃었다.

*　　*　　*

"현재 상황에서 수사의 특별한 진전은 없답니다!"

"백종택 씨는 근처 8개 동네에 수만 장의 전단을 뿌리고 다닌다는데요?"

"국곽수 필적 감정 결과도 만여 명을 했지만 진전이 없다는군요."

"동일 범죄 전과자들 쪽에서도 소득은 없다네요!"

상황을 체크한 수사관들이 속속 부정적 보고를 해왔다.

"사건 개요는 다들 탐독 끝났죠?"

승우가 회의 테이블에서 물었다.

"예!"

유 계장이 대표로 대답했다.

"그럼 모여 보세요!"

승우의 지시와 함께 다시 수사관들이 머리를 맞대었다.

다섯 살 어린이!

실종된 지 10일 차!

범인이 남긴 건 돈을 요구한 조악한 왼손 필체의 협박장 하나!

단짝 강아지는 무참하게 살해되어 수장.

베트남 현금 인출자 신상파악 실패.

사건 서류는 산더미를 이루지만 결론은 하나.

오리무중!

"석 반장님!"

승우, 이번에는 제일 먼저 석경태를 호명했다. 일선 경찰서에서 잔뼈가 굵은 그의 의견을 듣고 싶었던 것이다.

"뭐 사실 이런 건 FM입지요."

석 반장이 굵직한 저음으로 입을 열었다.

어린이 실종!

경찰은 거기에 대응하는 사건 대처 시나리오가 있었다. 단순한 실종이라면 미아 쪽에 포커스를 맞추고, 유괴나 납치의 조짐이 있으면 면식범, 거기에 더해 원한 관계나 금품 요구 쪽으로 접근한다.

이번 사건은 후자 쪽이었다. 처음부터 협박장이 있었기 때문이었다.

"범인은 아마 면식범일 겁니다. 게다가 백종택 쪽의 동선을 훤하게 꿰고 있습죠. 그렇지 않고서야 쪽지를 현장에 남길 수 없습죠. 바로 발견되면 도주의 여유가 없으니깝쇼."

"계속하세요."

"일단은 강아지의 성향을 알아봐야겠군요. 원래 얌전한 놈이라면 몰라도 좀 까칠한 놈이라면 짖었겠습죠. 그렇다면 주변에서 들은 사람이 있을 겁니다요."

"개가 안 짖었다면 면식범 중에서도……."

"그 집안에 자주 드나들던 사람일 수 있습죠."

"그렇군요."

"그리고… 아주 오래전부터 궁리한 범죄 같군요. 노숙자 명의의 대포통장을 준비하고 베트남에서 인출을 시도했다면 범인은 최소한 두 명 이상이라고 보는 게 합당합니다요."

"그럼 경찰의 초기 대응은 합당했습니까?"

승우가 물었다.

"수사상의 하자는 없습니다요. 아쉬운 건 즉각 대응인데 대개 실종이라는 게 일단 가족들이 찾아본 다음에 신고가 들어오기 때문에… 소위 골든타임을 놓치고 시작하다 보니 경찰도 애로가 많습죠."

"범인이 베트남으로 빠져나가 직접 인출했을 가능성은요?"

"배제할 수는 없겠지만 좀 촉박합니다요."

석 반장이 말끝을 흐렸다. 범인이 직접 인출했다면, 배다경의 경우와는 달리 납치 직후에 백지훈을 바로 살해했다는 결론에 도달해야 하기 때문이었다.

"백종택 씨 주변 동향은 누가 알아봤나요?"

승우가 일동을 돌아보자 권오길이 손을 들었다.

"현장에 나갔던 형사들 말을 들으니 이 양반, 주변 평판이 최악이랍니다. 어찌나 인심을 잃었는지 동네 주민들 가운데서는 쌤통이라는 말까지 나왔다는데요?"

"그 정도야?"

"아마 일수놀이를 하는 모양인데 그게 좀 밀리거나 하면 아주 가차가 없답니다. 심지어는 자기 땅인 진입로를 막거나 핸드폰, 생계용 차 키까지 뽑아가기도 한다고……."

"악랄하군."

유 계장이 어깨를 으쓱해 보였다.

"얼마나 악랄한가 한번 가서 체크해 볼까?"

승우가 자리를 털고 일어섰다.

"그럼 제가 모시겠습니다."

차도형이 따라 일어섰다.

"아아, 신혼은 열외……. 오늘은 피자라도 한 판 사들고 일찍 들어가라고."

승우는 나수미를 지목했다.

"어이구, 또 늙은이들은 뺀찌입니까?"

유 계장이 엄살을 부렸다.

"이번에는 분위기상 미인계가 좋을 거 같아서요."

승우가 웃었다.

"허얼, 나 수사관이 미녀? 저 돌려차기에 걸리면 격투기 선수들도 나뒹굴 판인데……."

"계장님, 왜 그러세요? 저도 알고 보면 부드러운 여자라고요."

나수미의 항변을 들으며 승우가 먼저 복도로 나왔다. 주차장에는 비가 한 방울씩 내리고 있었다. 제일 먼저 국과수로

가서 강아지 사체부터 확인했다.

665g, 아직 털과 살에 부패가 일어나지 않은 상태. 승우는 목덜미를 집어 들어보았다. 정말 가벼웠다. 스펀지를 집어든 듯.

강아지의 영기는 좀 슬퍼 보였다. 애절해 보였다. 고이 내려두고 돌아섰다.

부릉!

웬일일까?

시동 소리가 강아지 울음으로 들리는 것 같았다.

월월!

비는 여전히 산발적으로 차창 위에 내렸다.

* * *

"신분증 좀 부탁드립니다."

경기도의 한적한 동네 어귀, 주 진입로 앞에서 의경들이 승우를 막아섰다. 길가 전신주와 벽에는 미아 찾기 전단지가 홍수를 이루고 있었다.

"검찰청 수사관이에요."

나수미가 신분증을 내밀었다.

"충성! 수고하십시오!"

의경은 거수경례를 하고 물러섰다.

"여기가 주 진입로인가?"

승우가 다른 의경에게 물었다.

"예, 그렇습니다."

대답하는 소리가 씩씩하다. 아마 갓 배치된 신입인 모양이었다.

"이 동네로 들어오는 다른 길은?"

"뭐 작은 농로에 산길까지 합치면 셀 수도 없습니다."

"그 길도 차량 통행이 가능하고?"

"경운기가 지나다닐 정도의 길은 네 개 정도……. 자가용 정도는 문제없을 겁니다."

"백종택 씨 집은?"

"저 위 식당을 지나 쭉 가시면 됩니다."

의경의 말을 뒤로하며 차가 앞으로 나갔다. 왼편으로 식당이 보였다. 메밀국수 전문점이었다.

"백지훈 부모님이 하는 식당입니다."

나수미가 속도를 줄였다.

식당은 황량했다. 규모로 봐서는 제법 장사가 되는 집 같았지만 마당에는 주인 차량만 달랑 서 있을 뿐이었다.

"어디 먼저 체크할까요?"

나수미가 승우를 바라보았다.

"백지훈 집부터!"

승우는 앞을 바라보았다.

부릉!

막 차량이 속도를 올리려 할 때였다. 안에서 남자의 목소리가 새어 나왔다.

"글쎄 조금만 참으시라고요."

"사장님!"

"월급은 준다잖아요? 꼭 이럴 때 그만 둬야 합니까?"

"그건 알지만……."

"우리 지훈이 금방 돌아옵니다. 그럼 내일이라도 영업 시작할 거예요."

높은 소리와 함께 남자가 나왔다. 백지훈의 아빠였다. 그는 차에 오르더니 거칠게 시동을 걸고 나왔다. 그 뒤로 선 사람은 중국 동포 윤길순. 40대 선량한 얼굴의 그녀는 깊은 한숨을 쉬고는 식당으로 들어갔다.

"가지!"

승우가 재촉했다. 안 봐도 견적이 나오는 장면이었다. 중국 동포 아줌마……. 뒤숭숭한 식당에서 일할 기분이 아닐 것이다. 경찰에서 식당 아줌마들의 조사도 끝난 상황. 흉흉한 남의 일에 마음 쓰느니 다른 곳으로 가면 속 편할 일이었다. 더구나 오라는 곳 많은 중국 동포들이 아닌가?

허튼 생각 속에서 차량이 멈췄다. 백종택의 집 앞이었다.

집은 컸다.

대지도 널찍하게 자리를 잡은 폼이 동네 유지에 걸맞아 보였다. 빗방울은 멈췄지만 하늘은 여전히 흐림. 나쁘지 않았다.

"민민!"

승우는 나수미 몰래 민민을 깨웠다.

"계십니까?"

승우가 마당에 들어섰다.

"누구야!"

안에서 날선 고함이 터져 나왔다. 그리고 덜컹, 거칠게 현관문이 열렸다.

"뭐야?"

백종택이었다. 70대 후반의 고령……. 날 세운 이마의 주름과 눈빛이 맵게 빛나고 있었다. 사람 꽤나 닦달함직한 얼굴이었다.

"검찰 특별수사반입니다."

나수미가 다시 한 번 신분증을 내밀었다.

"이런 썅놈의 새끼들!"

뭐라 할 사이도 없이 백종택이 손에 들고 있던 동화책을 날렸다. 하지만 나수미, 선 자리에서 손만 뻗어 책을 받아냈다. 마치 개구리가 파리를 낚아채는 듯이…….

"왜 이제 기어온 거야? 우리 손주, 우리 손주 어떡할 거냐고?"

이번에는 승우의 멱살을 잡는 백종택.

"진정하세요. 검사님이십니다."

나수미가 그 팔을 잡았다.

"그냥 둬요."

승우가 나수미에게 신호를 보냈다.

"뭐야? 그냥 둬? 그래… 시골 동네에 사니까 사람 우습냐? 검찰이 뭐하는 놈들이야? 엉? 경찰이 못 하면 검찰이 나나서 국민을 살려야 할 거 아니야!"

백종택은 승우를 잡고 미친 듯이 흔들어댔다.

"나도 한 뒷배 있는 사람이야, 이놈들아! 이 지역 국회의원을 네 명이나 만든 사람이라고!"

"……."

승우는 반응하지 않았다.

"그런데… 그런데 이제야 기어와? 우리 손주, 아주 백골이 된 다음에 오지 그러냐? 엉!"

발악하던 백종택, 결국 거기서 주저앉았다.

"아이고, 지훈아, 지훈아, 이놈아!"

백종택은 땅을 치며 통곡을 했다. 그걸 지켜보던 승우의 눈에 박살 난 개집이 눈에 들어왔다. 벽 한쪽에 버려진 개집은 삽살강아지의 것으로 보였다. 하지만, 삽살개처럼, 개집 허리가 뭉텅 박살 나 있었다.

"미안하우다!"

한참 동안 통곡하던 백종택, 마음이 진정되었는지 차분한 소리로 일어섰다.

"괜찮습니다."

승우가 대답했다.

"일단 들어오시지요."

"예!"

승우는 백종택을 따라 거실로 들어섰다.

폭격!

거실은 딱 그 꼴이었다. 배다경의 집보다 더했다. 테이블에는 백지훈을 찾는다는 전단지가 널려 있고 구석마다 잡동사니가 처박혀 있었다. 승우는 전단지 하나를 집어 들었다.

"내가 그것만 5만 장을 뽑았다오. 경찰 이놈들이 제대로 수사만 했어도……."

백종택은 다시 치를 떨었다.

백지훈, 사진 속의 다섯 살 꼬마는 귀여웠다. 특히 까맣게 맑은 눈이 시선을 끌었다.

"이놈이 어떻게 얻은 새끼인데……."

백종택은 전단지를 보며 눈물을 떨구었다.

일주일!

얼마나 긴 시간일까? 백종택의 배를 들여다보면 아마 간이 절반은 녹아 있을지도 모른다. 살짝 상한 홍어의 간처럼 말이다. 그러니 눈물 따위는 당연한 건지도 몰랐다.

백지훈이 사라진 건 오후 3시에서 4시 반 사이였다. 왜냐하면 2시 50분까지는 백종택이 같이 있었기 때문이었다. 그러다 수금할 게 있어 일어났다. 그가 다시 돌아왔을 때가 4시 30분. 백지훈이 보이지 않았다. 삽살개도 보이지 않았다.

'제 아빠 가게에 갔나 보군.'

백종택은 그렇게 생각했다. 집에서 아빠 가게까지는 그리 멀지 않은 길. 더구나 가는 길에 차량도 거의 안 다니기에 낯선 일도 아니었다. 백종택은 수금 장부를 정리했다. 그러다 5시 반을 넘었다.

'이놈이 올 때가 됐는데?'

백종택은 벽시계를 보았다. 이제 곧 식당에 저녁 손님이 몰릴 즈음, 다른 때 같으면 돌아올 시간이었다. 백종택은 밖으로 나왔다. 아들 식당으로 가는 길은 휑했다. 어디선가 까르르 웃으며 '할아버지'하고 튀어나올 것 같은 손주가 보이지 않은 것이다.

그리고 바로 청천벽력이 떨어졌다.

"지훈이 안 왔어요. 아버님이랑 같이 있는 줄 알았는데요?"

지훈 엄마의 말을 들은 백종택은 뇌혈관이 터지는 줄만 알았다. 가족들은 그 길로 길길이 날뛰었다.

일하는 아줌마들까지 내보내 동네를 그물망처럼 훑었다. 지훈이는 보이지 않았다. 삽살강아지 싸리도 마찬가지였다.

“거기 가봐라.”

백종택, 짚이는 곳이 있었다. 백명재는 산으로 뛰었다. 앞쪽에 공단을 끼고 뒤로는 산을 낀 동네. 그 산 너머에 소위 자연인이라는 사람이 살았다. 그는 무늬만 자연인. 이따금 산에서 내려와 어슬렁거리는 사람이었다.

그사이에 백종택은 학교를 살피고 밭길 웅덩이 쪽으로 갔다. 얼마 전, 동네 토박이들이 웅덩이에서 반두질을 했었다. 붕어와 미꾸라지를 제법 잡았다.

그날 백종택은 손주를 데리고 가서 구경을 했었다. 붕어를 두 마리 얻어주기도 했었다. 웅덩이에서 그를 맞이한 건 흥건한 혈흔이었다. 백종택은 그 자리에서 주저앉고 말았다.

가슴이 내려앉고 발이 부르텄지만 지훈이의 흔적은 어디에도 없었다. 동네에 단 하나 있는 친구의 집에도, 놀이터에도, 텃밭에도 없었다.

신고를 받고 달려온 경찰은 백종택이 의심하는 사람들의 집을 가가호호 방문해 조사를 벌였다. 소위 억하심정이 있을 만한 사람들을 뒤진 것이다. 아이의 흔적은 없었다. 자가용이 진입할 만한 세 군데 지점을 중심으로 목격자 탐문을 벌였지만 그 또한 무소득이었다.

결국 학교 우물에 이어 웅덩이 물을 빼게 되었다. 양수기 네 대를 동원하자 웅덩이가 바닥을 드러내기 시작했다. 삽살개는 거기 있었다.

완전히, 완전히 부서진 채로!

그걸 발견한 경찰, 처음에는 장난감 인형인 줄 알았다. 진짜 개라고 믿기에는 무게감이 없었던 것이다. 그러나 그 개는 싸리가 맞았다. 눈 한쪽이 없는 장애 강아지였으니까.

"그 재수 없는 강아지 새끼를 진작 치웠어야 했는데……."

사건을 되짚던 백종택이 치를 떨었다. 그러고는 뭔가를 중얼거렸다. 옴소마니 소마니 훔.

바아밤 바하라 훔바탁…….

"개가 재수가 없다고요?"

승우가 물었다.

"이게 다 그놈의 똥개 새끼 때문에 재수가 없어서 그런 거라오. 애당초 내다 버렸어야 했는데……."

"어떤 사연인지요?"

"그놈이 눈깔 하나가 없지 않소? 그렇잖아도 일하던 아줌마가 바뀌던 때라 정신없는 판에 어떤 놈이 눈 병신 강아지를 내다버린 모양인데, 완전 송장은 저리가라 할 정도로 흉한

몰골이었다오. 그런데 하필이면 우리 지훈이가 그걸 발견했어요. 척 봐도 재수 옴 붙은 놈 같아서 떼어놓았는데 어찌나 요사를 떨며 지훈이한테 달라붙던지… 그래서 하는 수 없이 그냥 두었더니……."

"그러니까 사온 게 아니라 누가 버린 강아지였군요?"

"그렇수다. 그러게 밖에 들어온 짐승은 함부로 받아들이는 게 아닌데……."

백종택은 망연자실 고개를 저었다.

"그런데… 강아지가 원래 가벼웠나요?"

"가볍긴요? 우리 손주 과자까지 다 뺏어먹어서 토실토실 살만 붙었다오."

"……."

665g은 미스터리가 맞았다. 죽는 과정에서 피를 너무 쏟아서 그런 걸까? 승우는 그쯤에서 미련을 내려놓았다. 세상에 이해가 안 되는 일이 어디 한둘이랴?

"지훈이 방 좀 보여주시겠습니까?"

"그 방이라오. 애 들어오라고 문도 안 닫았으니 보시오."

백종택이 바로 옆방을 가리켰다.

"찍을까요?"

안으로 들어선 나수미가 승우에게 물었다. 승우는 가만히 고개를 끄덕거렸다.

백지훈의 방!

안에는 동화책이 많았다. 삽살개를 주제로 한 책도 많았다. 벽에 걸린 사진 속에도 삽살강아지와 찍은 게 여러 장이었다. 사진 속의 아이는 전단지보다 해맑아 보였다.

"나수미 씨!"

수십 장의 사진을 바라보던 승우가 고개를 돌렸다.

"예?"

방 안을 찍던 나수미가 돌아보았다.

"여기 사진 말이야… 뭐 다른 점 없어?"

"글쎄요……."

"잘 봐."

"아, 이 아이……."

나수미의 손이 삽살개와 찍은 사진을 차례로 짚었다. 그녀 역시 천상 수사관. 금세 차이점을 찾아내고 말았다.

"강아지와 찍은 사진이 더 밝아요. 자기 엄마 아빠, 할아버지와 찍은 사진보다도요."

"강아지를 몹시 좋아한 것 같지?"

"그렇네요……."

나수미가 말끝을 흐렸다. 수사관이기 이전에 감성적인 여자. 사라진 어린아이의 사진을 무덤덤하게 바라보는 건 쉬운 일이 아니었다.

'후웁!'

그 사이에 승우는 영력을 발산했다.

영기, 반응이 왔다. 하지만 어린아이의 그것이 아니었다.

후우웁!

조금 더 집중했다. 그래도 마찬가지였다. 그때 밖을 돌고 돌아온 민민이 귓전에서 속삭였다.

"강아지 영기예요."

"……!"

그제야 승우는 고개를 끄덕였다. 사람의 것이 아니라 낯설었던 그것, 바로 삽살강아지 싸리의 영기였던 것이다.

"방 조사 끝나면 할아버지 진술 좀 더 들어둬. 주변 인물들 파악도……."

승우는 지시를 남기고 밖으로 나왔다.

마당!

안에서 익힌 백지훈의 흔적을 바탕으로 삼아 영력을 높였다.

'없어!'

마당에서도 승우의 영력에 반응한 건 싸리의 영기였다. 특히나 박살 난 개집 쪽에서는 조금 더 진하게 풍겨왔다. 마당을 나온 승우는 웅덩이를 향해 걸었다.

백지훈의 그림자 같은 존재였던 싸리…….

혼자 웅덩이에 가지는 않았을 일이다.

그러나 목격자는 없었다.

“저기예요!”

물 냄새가 가까워지자 민민이 앞서 날았다.

웅덩이는 물이 많이 빠져 있었다. 물을 빼낸 후에 다 채우지 못한 모양이었다. 웅덩이 앞에서 승우는 백지훈의 집을 돌아보았다.

양편으로 훌쩍 자란 무궁화나무들, 굽어지는 길들……. 먼 곳에서는 지훈이가 보일 상황이 아니었다. 그 너머로는 밭이 자리를 잡았다.

산자락도 이어졌다. 이 동네는 농업이 아니라 공단배후 동네. 상당수 사람들이 공단에 의지하기 때문에 직업 농사꾼은 적었다.

‘밭쪽으로 나가면…….’

무궁화나무를 지나 밭으로 들어섰다. 타인의 시야에서 사라지는 건 누워서 떡먹기인 곳이었다. 작심한 유괴범에게는 유리했고, 아이에게는 절대적으로 불리해 보였다.

“아저씨!”

웅덩이 쪽에서 민민이 소리를 높였다. 승우는 다시 무궁화나무를 헤치고 나왔다. 민민이 웅덩이 가에서 파닥거렸다. 그 장소… 말하지 않아도 알 것 같았다. 삽살강아지 싸리가 피를 흘린 곳이었다.

느껴졌다, 강아지의 주검.

애절하지만 턱도 없는, 그래서 더욱 필사적인… 그래서 보관소의 시신에도 여전하던 그때…….

[월월월!]

메아리 같은 개소리가 들려왔다. 산이다. 산쪽에서 개소리가 들렸다.

아니다, 거기서 나는 것만은 아니었다.

집중 또 집중하자 산쪽 개소리에 가린 소리가 느껴졌다. 소리의 진원지는 웅덩이였다.

[월월!]

미치도록 아련하다.

삽살강아지……. 죽어서도 주인을 찾는 걸까? 아니면 주인이 있는 곳을 말해주려는 걸까?

"웅덩이 안에 다른 잡령들도 많아요."

민민이 말했다.

물귀신들이었다. 오래 묵은 웅덩이. 멀리 거슬러 올라가면 여기 빠져죽은 사람 한둘이 없을까? 전쟁 통에 두엇 던져 버린 시체가 없을까? 그러나 오래되어 영기가 사악하지 않은 물귀신들. 딱히 정리할 필요는 없을 것 같았다.

승우는 돌아섰다. 그래도 다행이었다. 여기 아이의 사체가 없는 건… 영기가 없는 건…….

[월월!]

물속 강아지 소리는 오래오래 승우를 따라왔다.

무슨 할 말이라도 있는 듯…….

승우의 바짓가랑이를 물고.

*　　*　　*

다음으로 찾은 곳은 사람이 살지 않는 폐가들이었다.

부동산 경기가 바닥을 치면서 꽤 여러 집이 비어 있었다. 어떤 집들은 귀신 나오는 흉가 꼴이기도 했다. 특히 기와집풍의 고옥들이 그랬다. 헐값에 내놓아도 사지 않는 집. 범행이나 사체 은닉에 이용될 만한 장소. 그렇기에 경찰이 이 잡듯 뒤진 곳이기도 했다.

아쉽게도 그곳에도 특별한 영기는 없었다.

"검사님, 제발 우리 아이를 좀……."

"이렇게 부탁드립니다."

백종택의 집으로 돌아오자 지훈의 부모님들이 도착해 있었다. 백종택의 연락을 받은 모양이었다.

"자그마치 8대 독자입니다. 우리 셋의 목숨을 다 합친 것보다 소중한 아이라고요."

엄마의 목이 메인다.

"검사님, 뭐든지… 아이만 찾아주면……. 이 늙은이가 뭐든지 하겠습니다. 그러니 제발……."

백종택도 간절하기는 마찬가지였다.

"따로 짚이는 데도 없단 말씀이군요?"

승우가 물었다.

"솔직히 말하면 이 동네 놈들 모두가 의심스럽습니다. 제 놈들이 다 누구 때문에 먹고 살았는데 내 험담이라니……."

백종택이 눈을 부라리며 노기를 뿜었다.

"우리는 아무래도 자연인이 좀 의심스럽습니다. 그놈을 정밀 수사해 주세요."

지훈의 아빠가 가세했다.

"왜 의심스럽다는 거죠?"

승우가 백명재를 바라보았다. 그러자 백종택이 대뜸 끼어들었다.

"아, 사지육신 멀쩡한 놈이 산에 왜 들어왔겠습니까? 보나마나 몹쓸 병이 걸렸겠지요. 그런 병에는 아이들 고환이 명약 아닙니까? 그 때려죽일 놈을……."

백종택은 팔까지 걷어붙였다.

그 말뜻을 승우는 알았다. 백종택은 잘못된 지식을 아직도 믿고 있었다. 먼 옛날, 문둥병이 돌 때는 그런 일설이 있었다.

남자의 고환, 어린아이의 간이 명약이라는…….

실제로 옛날 신문에는 그런 무지몽매한 사건으로 인한 기사가 종종 실리곤 했었다.

1926년 9월, 평양 대동군에서 실제 일어난 사건이다. 주씨 성을 가진 젊은이가 사랑하는 사람이 나병에 걸려 있자 55세 거지를 습격해 고환을 잘라 요리해 먹였다고 한다.

하지만 지금은 21세기, 그런 일은 있을 수 없었다.

"그런 일뿐만 아니라 재작년에 산 너머 동네에서 어린아이 하나가 실종되었습니다. 끝내 그 아이를 못 찾았는데 나중에 그 아이 옷이 그놈 집에서 발견되었습니다. 경찰 조사 결과 산에 돌아다니는 걸 주워왔다고 했다지만 온 산이 그놈 집이나 마찬가지인데 집만 뒤져 보고 마는 게 말이 됩니까?"

아버지에 이어 아들도 한숨뿐이다.

"경찰을 못 믿으시는군요?"

"못 믿습니다. 그놈들 하는 짓 보면 죄다 건성건성입니다. 제 놈들 아이가 아니니 관심이 없는 거지요."

백명재는 단호하게 고개를 저었다.

산을 다 파헤치는 건 불가능한 일입니다. 여기 산이 한두 개도 아니고…….

승우는 그 말을 안으로 삼켰다. 감정이 격앙된 부모들, 어떤 말을 한들 위로가 될 리 없었다.

"원래 전조 같은 건 없었습니까? 누가 아이를 특별히 귀여워 한다든지 아니면 아이를 싫어한다든지……."

승우가 다시 물었다.

"아이고, 검사 양반, 대체 몇 번을 말해야 알아듣수? 이 동네 인간들은 죄다 인간말종들이라서 베풀고 베풀어도 뒤통수 치는 인간들이라고 안 그럽니까?"

온 동네가 적!

백종택의 말뜻은 그것이었다.

일수쟁이!

충분히 원성을 살 여지가 있었다. 그런데 백종택의 수위는 그 이상이었다. 본인 입으로 온 동네가 다 배은망덕한 놈들이라고 핏대를 올리고 있는 바에야 말해 무엇할까?

"식당 종업원들은 어떻습니까?"

"아, 그 아줌마들은 이상 없습니다. 다들 착하고 순박하니까 수사나 전국으로 확대해 주세요. 전국 CCTV를 다 뒤지면 우리 아이가 나올 거 아닙니까?"

지훈이 아빠가 승우를 닦아세웠다.

"관할서에 들어가 수사 범위를 확대하도록 의논해 보겠습니다."

"또 의논입니까? 그놈의 의논만 하다가 우리 지훈이 죽어요!"

이번에는 엄마가 자지러지고 있었다.

"어쩌죠?"

집 앞으로 나온 나수미가 승우에게 물었다. 땅거미가 내리고 있었다. 현장은 확인했지만 아직 영기의 흔적을 잡지 못한 승우. 그러나 이미 실종된 지 일주일이 지난 상황…….

그때!

저만치 산등선에서 자연인의 집이 아른거렸다.

"가시게요?"

나수미가 울상을 지으며 물었다.

"수미 씨는 여기서 조사 좀 더 하고 있어. 식당 종업원들 하고 나머지 소소한 원한 관계 같은 거. 경찰이 알아보지 않은 사람들 중심으로……."

"같이 가겠습니다. 산길인데……."

"왜 이래? 우리 경제적으로 놀자고."

승우는 그 말을 남기고 걸었다.

월월월!

멀리서 진짜 개 짖는 소리가 하늘을 흔들었다. 확실히 진짜는 달랐다. 아련한 게 아니라 꽉 찬 느낌, 산 것의 활기가 저절로 느껴졌다.

"게 뉘시오?"

자연인은 움막이 가까운 숲에 있었다.

"검찰입니다."

승우가 신분증을 꺼내 보였다. 자연인은 우묵하게 승우를 바라보았다.

"조사할 게 더 있습니까?"

금세 그의 눈매에 각이 섰다. 경찰 조사에서 좀 세게 당한 모양이었다.

"아뇨, 다른 데 좀 돌아보다가 물이나 얻어 마실까 해서요."

승우는 경계심을 비껴갔다. 굳이 자연인과 각을 마주 세울 필요는 없었다. 영기만 확인하면 되는 승우였던 것이다.

"여기 있습니다."

치렁치렁 머릿결을 늘어뜨린 자연인이 물바가지를 내밀었다. 승우는 그걸 받아 시원하게 마셨다.

"혼자 살면 무섭지 않습니까?"

승우가 넌지시 물었다.

"세상에서 제일 무서운 게 사람인데 뭐가 무섭습니까? 짐승은 사람이 먼저 건드리지 않으면 절대 덤비지 않습니다."

"그래요?"

"그 꼬마는 아직 못 찾았습니까?"

"예……."

"백종택이 그 영감탱이 눈알이 뒤집혔겠구만."

"원래 아는 분인가요?"

"이 근처에서 그 인간 모르는 사람이 어디 있습니까? 제 핏줄 말고는 다 노래기 대하듯 하니 여기 살아도 그 자자한 원성이 다 올라옵니다."

"그렇게 악명이 높나요?"

승우는 시치미를 뚝 잡아뗐었다.

"그 인간 눈에는 세상이 다 돈으로 보이죠. 제 주머니 채워주는 돈……. 아, 돈놀이해서 그렇게 재산 불렸으면 이젠 좀 느긋해져야지 늙을수록 더 자린고비가 되고 있으니……."

"그분에게 감정이라도?"

"뭐 솔직히 있습니다. 얼마 전에 우리 개가 거기로 내려갔다가 그 집 강아지 밥을 몇 알 집어먹은 모양입니다. 그랬더니 새끼 밴 개를 붙잡아 질질 끌고 왔더군요. 우리 개가 밥을 훔쳐 먹었고 자기 손주가 놀랐으니 물어내라고요."

"……."

"너무한 처사가 아니냐고 했더니 대가로 그 개를 보신탕집에 넘기겠다는 거예요. 그게 말이 됩니까? 우리 순돌이는 머리를 다쳐서 겁이 많습니다. 쥐만 봐도 피하는 놈입니다. 게다가 새끼까지 가졌는데 보신탕이라니……."

"그래서요, 어떻게 하셨나요?"

"하는 수 없이 벽에 걸어둔 마늘 한 접을 던져 줬습니다. 그랬더니 그제야 내려가더군요."

'허얼!'

승우는 혀를 내둘렀다. 백종택의 기행은 상상 저 너머까지 미치고 있었다.

"하긴 개 사정 봐주겠습니까? 전에는 데리고 있던 중국 동포 아줌마가 폐병에 걸린 걸 알고 단칼에 내쫓은 인간이지요. 돈놀이해서 원금 늘려준다고 맡아둔 6개월 치 월급도 안 주었다고 하더군요."

"종업원 말인가요?"

"그 인간이 그런 인간입니다. 산에 사는 나도 알 정도라고요."

자연인…….

그의 말은 과장은 아니었다. 비록 자연인이라지만 그도 한국사람. 한 달에 한 번은 동사무소에 가서 연금을 찾았고, 생필품 때문에 이따금 동네로 내려가고 있던 차였다.

"그렇잖아도 나도 산 몇 바퀴 돌아봤습니다. 혹시 누가 앙심을 품고 해코지한 다음에 산에다 버렸나 해서요. 아무리 밉상이지만 아이가 무슨 죄가 있겠습니까? 그런데 흔적이 없습니다. 기껏해야 효소 담그려고 잡약초 캐러 다니는 사람 외에는……."

"그렇군요."

"뭐 내 말이 의심스러우면 한바탕 뒤져보고 내려가시오. 곧 날이 어두워질 겁니다."

그 말을 남긴 자연인, 숲을 향해 얼럴럴러 혀를 어르기 시작했다.

"해피야, 어디 있는 거냐?"

자연인 뒤로 누런 개가 따라붙었다. 앙상하지만 충성심이 강해 보였다.

웡웡웡!

개가 짖자 숲에 떨어진 나뭇잎이 바스락거리기 시작했다. 그리고 주먹 두 개만 한 강아지가 달려 나왔다.

"아이고, 이놈. 대체 어딜 싸돌아다니다 온 거야? 그래도 어린 게 주인 찾아와 주니 용하구나. 요놈……."

자연인은 강아지를 안아 들고 볼에 마구 비벼댔다. 아까 숲을 헤집던 것도 사라진 강아지를 찾고 있던 모양이었다.

후우!

집 근처에서 영기는 감지되지 않았다. 자연인은 아이와 관련이 없었다.

"이거 가지고 내려가시오. 가다 보면 큰길 못 미쳐 바위가 있는데 거기 두고 가면 됩니다. 내일 아침에 내가 찾아올 테니……."

자연인은 낡은 랜턴을 꺼내주었다.

“괜찮습니다.”

“가져가세요. 밤에는 산길이 만만한 게 아니니까요.”

자연인은 그예 랜턴을 승우 손에 쥐어주었다.

부엉!

내려가는 길이 부엉이가 울었다.

웡웡웡!

새끼를 찾은 개의 행복한 소리도 종종 끼어들었다.

“민민!”

승우가 민민을 불러냈다.

“힘내세요!”

승우의 어깨가 많이 처졌던 걸까? 민민이 푸른 나선을 그리며 말했다.

“실종된 아이도 저렇게 돌아오면 좋을 텐데……. 그렇지?”

“네…….”

“인간이 만물의 영장이라지만 이럴 때 보면 별것도 아니야. 강아지도 돌아오는데 사람이 안 돌아오다니…….”

“개들은 냄새를 잘 맡잖아요. 게다가 충성심이 강하니까…….”

“하긴… 아까 웅덩이의 삽살강아지도 제 주인이 그리워서 우는 것 같더라만…….”

“그럼 잡귀를 떼어줄 걸 그랬네요. 죽어서라도 주인 곁으로 가게.”

"……?"

주인 곁이라는 말에 승우의 촉수가 솟구쳤다.

죽은 강아지, 그러나 주인을 그리워하고 있다.

개는 원래 주인을 귀신처럼 찾아가는 법.

오죽하면 천 리 길을 걸어 주인을 찾아온 진돗개도 있지 않은가?

"민민, 그거 해야겠다."

승우가 목청을 높였다.

"뭐요?"

"웅덩이 속의 강아지 영기 말이야. 물귀신 잡귀를 떼어주자. 혹시 모르잖아?"

"아, 정말요!"

승우의 귀여운 빠라끌리또 민민, 그 목소리도 승우를 따라 쭉 올라갔다.

*　　　*　　　*

월월월!

멀리서 개 짖는 소리가 아련하게 들렸다. 자연인 쪽이었다. 엄마를 만난 강아지와 재회의 기쁨을 나누는 걸까? 그 사이에 승우도 웅덩이에 닿았다. 웅덩이 끝에는 나른한 보안등이 하나 있었다.

오래된 등이 뿜는 빛은 괴이한 느낌마저 들었다. 사방으로 펼쳐지는 숲의 담장과 밤의 합창 소리. 그걸 것들과 어우러진 웅덩이는 켜켜이 어둠이 담긴 물비늘을 살랑거리고 있었다.

"민민, 준비됐니?"

승우가 고개를 돌렸다. 민민은 검은 코끼리 멧씨 위에서 팔랑거렸다.

"네!"

"이번에도 전부?"

"네!"

둘은 호흡이 척척 맞았다.

검은 코끼리!

민민이 생각하는 건 잡령의 파티였다. 오랜 시간 산자락의 한구석을 지켜온 웅덩이. 셀 수도 없을 만큼 크고 작은 생명들이 여기서 스러져 갔다. 다행히 지금 현재, 그 한이 구천에 맺힌 잡령은 없었다.

달리 보면 오히려 번거로운 일이었다. 잡령들은 워낙 미미하여 그 존재를 확인하는 게 번거롭기 때문이었다.

그래서 검은 코끼리가 수고를 맡게 되었다. 여기서 악의 파티를 벌여, 웅덩이에 존재하는 모든 잡령을 모으려는 것이다. 그 안에 포함된 강아지의 영령을 보려는 것이다.

"시작해요!"

민민, 웅덩이의 한가운데서 소리쳤다.

"오케이!"

승우 역시 준비를 마쳤다.

민민은 허공에 긴 꼬리 불 궤적을 그리며 날았다. 여섯 코끼리들도 검은 궤적을 그리며 함께 날았다.

무질서!

멋대로 꼬이는 궤적을 보며 승우는 생각했다. 검은 코끼리들은 무질서 속에 질서를 이루고 있었다.

화아악!

한순간 어둠의 폭광이 웅덩이를 덮친다고 느껴질 때, 표면에 살랑거리던 윤슬이 자취도 없이 사라져 버렸다.

시간 정지!

딱 그런 느낌이었다.

"아저씨!"

정신이 팔린 승우의 귀에 민민의 목소리가 밀려들었다.

'아아!'

승우는 고개를 저었다. 시간이 정지된 웅덩이, 잔물결 윤슬마저 숨을 죽인 그곳, 그곳에서 잡령들이 피어오르고 있었다.

으헤에흐에에!

쓰르르쓰르르!

우어어엉!

그들만의 언어가 뒤틀려 나왔다.

악을 증폭한 민민 덕분에 그들의 몸짓이, 흐느낌이, 지향 없는 표정이 고스란히 느껴졌다. 민민은 멧씨를 타고 잡령들 틈을 날았다.

작디작은 잡령은 정말정말 많았다. 더러는 소도 보였고, 태아도 보였다. 그러나 오래되어 한보다 흔적으로 남은 잡령들……. 그 틈을 가르다 민민, 결국 삽살강아지 싸리를 발견하고 말았다.

"여기 있어요!"

민민이 허공을 돌며 소리쳤다.

싸리!

거기 있었다. 한쪽뿐인 눈을 가린 긴 앞머리에 반들거리는 콧날. 그러나 이미 부서진 몸으로 싸리는, 오래전에 죽은 삶의 발톱에 걸려 버둥거리고 있었다. 버둥거리지만, 몸통이 무너진 싸리에겐 허공을 걷듯 허무한 발버둥일 뿐이었다.

"씻뿌에, 부탁해!"

민민은 네 번째 검은 코끼리의 이름을 불렀다. 호명이 날아가 명령이 되었다. 지엄한 령을 받은 씻뿌에, 웅덩이 위의 하늘에서 물결을 꿰뚫는 포효를 울렸다.

뿌오아아오!

화아악!

검은 분노를 따라 잡령들이 갈라지는 게 보였다. 폭격을 맞은 듯 휑하니 자리를 비운 잡령들. 삵 또한 예외는 아니었으니 싸리, 그제야 비틀거리며 수면 밖을 향해 기기 시작했다.

"아저씨가 도와주세요."

민민이 말했다. 지켜만 보던 승우가 영력을 높이며 반응을 했다.

"후우웁!"

이미 뼈 마디마디에 탱탱한 신력을 채워놓았던 승우, 그 응결된 영기를 싸리에게 보태주었다.

낑!

허우적거리던 싸리가 몸을 세웠다. 헛돌던 다리에 힘이 들어갔다. 싸리는 결국 웅덩이 밖 세상을 밟게 되었다.

"나왔어요!"

민민이 소리쳤다. 승우가 손을 내밀었다. 민민이 날아와 작은 손을 짝 마주쳤다. 손뼉 소리는 나지 않았지만 상관없었다.

낑낑!

싸리는 제가 죽은 자리로 가지 않았다. 제 늑골이 왕창 부러진 그곳, 혈흔이 바다를 이루던 그곳을 지나 몇 미터 더 나아갔다. 그런 다음, 그곳을 맴돌며 안절부절 어쩔 줄을 몰라

했다.

제가 죽은 자리는 그 다음에 찾았다. 혀를 내밀어 혈흔이 남았을 흙을 몇 번 핥았다. 그런 다음 마침내 한 점을 바라보았다.

"움직여요!"

주목하던 민민의 목소리가 커졌다.

삽살개 싸리의 걸음이 시작되었다.

영민한 개라는 삽살개.

사라진 어린 주인 백지훈의 냄새를 찾아가는 걸까?

"따라가 보자."

승우도 민민과 함께 걸음을 떼었다.

5장

하늘은 알지요

싸리의 영기가 달리기 시작했다. 그 모습이 허물을 벗어둔 매미처럼 가볍다. 그러다 걸음을 멈춘다. 그러고는 우묵하게 돌아본다.

삽살개가 작은 개는 아니라지만 그래봤자 강아지. 내처 달리던 싸리는 오동나무를 지나 산과 이어지는 밭이랑 앞의 경사진 수풀 앞에서 멈췄다. 눈길 너머로 야트막한 무덤이 보이는 곳. 싸리는 그 인근의 봉긋한 흙에다 코를 박고 낑낑 맴돌았다.

'혹시 암매장?'

긴장한 승우가 영력을 투영했다.

후우!

안도의 숨이 나왔다. 영기가 있지만 사람은 아니었다.

하지만 승우는 아무렇게나 생각한 걸 반성해야 했다. 그 영기… 긴 털을 치렁치렁 늘어뜨린 영기는 싸리의 어미 것이었다. 봉긋한 흙 사이로 얼핏 보아도 흰 뼈가 아른거렸다. 그 옆으로 보이는 흔적뿐인 수풀 둥지. 엄마 삽살개가 죽은 곳일까? 저기서 저 개가 싸리를 낳은 걸까? 증명이라도 하려는 듯 풀썩 쓰러진 나무 십자가가 보였다.

〈싸리 엄마 묘〉

조금씩 바래가는 삐뚤빼뚤 크레파스 글자. 엉성하게 만들어진 십자가……. 어쩌면 지훈이가 쓴 걸까? 승우는 흙을 털어내고 바로 세워주었다.

싸리!

강아지가 처음으로 찾아간 건 어미였다.

"싸리야!"

승우가 강아지를 불렀다. 강아지의 영기는 낑낑 그리움을 토해냈다. 그런 다음, 다시 달리기 시작했다. 밭을 넘고 둔덕을 넘었다. 작은 숲도 통과했다. 그렇게 싸리가 돌아 나온 곳은 동네의 진입로였다. 거기서 좌우를 살핀다. 그러더니 잰걸음으로 걷기 시작했다.

'이번에는…….'

뒤따르는 승우의 손에는 진땀이 가득했다.

끙!

나는 듯 걷는 듯 달리던 영기는 모퉁이를 끼고 돌아 멈췄다.

"그 아이 집이에요!"

민민이 소리쳤다.

강아지 영기는 열린 대문을 넘어갔다. 그런 다음 마당에서 월월, 집 안을 향해 짖었다. 월월, 주인을 부른다. 그러자 안에서 랜턴을 든 지훈이 엄마가 나왔다.

"어머, 검사님!"

"아, 예……."

넋을 놓고 있던 승우, 가만히 고개를 숙였다.

"여자 수사관님은 차에 있을 텐데……."

"그렇군요……."

"수사관들이 투입되었나요?"

"조사가 끝나면 곧……."

"후우!"

지훈의 엄마는 한숨을 쉬며 대문을 나섰다. 집 안에 들어선 승우에게는 관심도 없는 눈치였다.

"아저씨!"

민민이 팔랑, 허공에서 흔들리며 승우의 시선을 끌었다. 승우가 고개를 돌렸다. 싸리는 거의 박살 난 제 집 앞에서 낑낑거리고 있었다.

"강아지라서 주인 냄새를 잊은 걸까요?"

민민이 물었다.

그럴지도!

승우는 소리 없이 대답했다.

어린 강아지……. 그것도 무지막지한 폭행으로 늑골이 다 내려앉아 죽은 강아지…….

그 강아지에게 뭔가를 기대한 게 잘못이었다. 승우는 고개를 저었다. 염치가 없는 것이다.

"날 새면 저 녀석 엄마 무덤이나 잘 골라줘야겠다."

그 말을 들었을까? 강아지 영기가 고개를 바짝 들었다. 꼬리도 세웠다. 그러더니 다시 대문을 나가 잰걸음으로 달렸다.

"왔던 길로 돌아가고 있어요."

민민이 담장을 넘으며 소리쳤다.

승우는 그냥 뒤따랐다. 기대감이 사라진 동작은 조금 기계적이었다. 하찮은 동물의 영기에게까지 과욕을 투영한 마음이 불편하기 그지없었다.

대문 앞에서 꼬리를 흔들던 싸리는, 웅덩이를 향해 코를 벌름거리며 걸었다. 그러다 뭔가 허전한 듯 자꾸만 돌아보는 싸리……. 언제나 자신의 옆에서 사랑을 나눠주던 지훈이를 찾는 걸까?

싸리는 다시 웅덩이의 그 자리로 돌아왔다. 자신의 피가 남은 곳이 아니라 그 옆쪽이었다.

거기서 몇 번이고 킁킁킁 맴돌다가 꼬리를 쳤다.

"검사님!"

그 사이에 나수미가 다가왔다.

"어, 수미 씨……."

"실종 아이 어머니 말이 이쪽으로 가셨다길래……."

"응? 아무래도 여기가 마음에 끌려서……."

"산에 사는 사람은요?"

"만나 봤는데 별 혐의는 없는 것 같았어. 그보다 수미 씨는?"

"지시하신 대로 식당 종업원들 하고 최근 수년 간 소소하게 백종택 씨랑 다툼이 있었던 사람들 다시 만나 봤습니다."

"뭐 좀 걸렸어?"

질문을 하면서도 승우의 눈은 싸리에게 꽂혀 있었다.

"그게… 이분은 원성사는 데 팔방미인이시라……. 웬만한 사람들하고 한 번쯤 안 다퉈본 사람이 없답니다. 재작년에는 동네 길을 막는 통에 최고조였고요."

"사람이 다니는 길을?"

"진입로 일부가 백종택 씨 땅이랍니다. 그러니 마음에 안 드는 사람은 자기 땅 밟지 말라고……."

'허얼……'

"워낙 어린아이가 사라진 거라 쉬쉬해서 그렇지 동네 사람들 전부가 고소해하는 눈치는 맞습니다."

"식당 종업원도 하나 몸서리치게 내쫓은 모양이던데?"

"어, 아시네요?"

"정말 그랬대?"

"맞답니다. 중국 동포 아줌마 하나가 여기서 일하다 결핵 진단을 받은 모양이에요. 그 아줌마가 지훈이도 꽤 예뻐한 모양이던데 마침 지훈이가 폐렴에 걸리게 되었답니다. 그러니까 귀한 손주에게 몹쓸 병 옮겼다고 아줌마가 적립한 돈도 안 주고 내쫓았다네요."

"결핵과 폐렴은 다르지 않나?"

"억울한 그 아줌마가 병원에 가서 그렇다는 의사의 해명서까지 받아왔는데도 막무가내였다더군요. 마침 그 아줌마가 불법 취업이었기 때문에 찍 소리도 못 하고 당한 모양이고요."

"거 참… 재산도 좀 되는 분이……."

고개를 저을 때였다. 깊어가던 밤이 11시를 넘어섰다.

자시, 자시였다.

귀신들의 힘이 강해지는 그 시간…….

그 힘이 싸리에게도 깃든 걸까? 코가 닳도록 땅에 대고 맴돌이를 하던 싸리가 파뜩 고개를 들었다. 그러고 보니 영기도 조금 선명해져 있었다.

월월!

싸리는 먼 곳을 향해 짖었다. 그런 다음, 힘차게 내달렸다.

"제가 따라가 볼게요."

눈치 빠른 민민이 어둠을 가르며 나갔다.

"늦었습니다. 오늘은 그만 철수하시는 게……."

나수미, 승우의 눈치를 살피며 조심스레 물었다.

"오케이, 알았으니까 가서 시동 걸고 기다리고 있어. 한 군데만 더 보고 갈게."

승우는 민민이 사라진 방향을 향해 걸었다. 기대감보다는 미련… 그런 이유일 뿐이었다.

"검사님!"

"금방 갈게. 먼저 가 있어!"

승우는 그 말을 남기고 멀어졌다.

혼자 남은 나수미, 가만히 웅덩이를 돌아보았다. 웅덩이 끝에 걸린 보안등의 불빛은 미치도록 나른했다.

"어휴, 한밤의 물웅덩이란……."

귀신 나올 거 같아.

나수미는 그 말을 삼키고 큰길을 향해 걸었다.

*　　*　　*

싸리는 나아갔다.

크게 좌우 갈지자를 그리며 걸었다. 냄새를 맡는 것이다. 승우와 민민은 천천히 그 뒤를 따랐다.

이번에는 과연 누구의 냄새를 따라가는 걸까?

싸리는 결국 동네 길목으로 들어섰다.

"검사님!"

랜턴을 들고 동네를 돌던 백종택이 승우를 불렀다.

"잠깐만요!"

승우는 대꾸하지 않고 싸리를 따라갔다.

"미친… 저런 것들을 검사랍시고 고액의 월급을 퍼주니……."

백종택은 승우의 뒤통수에 대고 저주를 퍼부었다.

그사이에 싸리는 작물이 담장을 이룬 밭을 지났다. 무엇이라도 훌쩍 자란 작물은 전부 벽이 되고 있었다.

낑낑!

작물 밭을 나오자 싸리가 낑낑거리기 시작했다.

"다시 가고 있어요."

민민이 하늘거리며 말했다.

시멘 포장이 된 좁은 길을 끼고 돈 싸리, 산자락 밑에 올라앉은 외진 폐가 앞에서 걸음을 멈췄다.

외딴 폐가!

동네의 주택들과는 50미터쯤 거리를 두었다. 담장은 황토토담에 지붕은 낡은 기와집. 척 봐도 수십 년은 넘었을 고옥(古屋). 승우가 이미 확인한 집 중 하나였다.

월월! 그 문 앞에서 맹렬한 기세를 올린 싸리, 집 안으로 들어가 버렸다.

고옥이다. 밑져야 본전이니 한 번 더?

자시가 지난 상황. 혹시라도 아까 놓친 영기 같은 게 느껴질 지도 몰랐다.

“아저씨!”

“나한테 맡겨!”

후읍!

승우, 단숨에 신통력을 끌어 올렸다.

하지만 여전히 영기가 없었다. 느껴지는 희미한 영기는 싸리의 그것일 뿐.

“저도 못 찾겠어요.”

민민의 입에서도 맥없는 소리가 밀려 나왔다.

‘부질없는 미련이었나?’

승우는 멍한 시선을 거두지 못했다. 동시에 자신이 한심해지기 시작했다. 이 중요한 일을 해결하지 못하고 강아지 뒤나 쫄래쫄래 좇아다니다니…….

쯔쯧!

아까 어깨 뒤로 들려오던 백종택의 혀 차는 소리가 때늦게 가슴을 때렸다. 이 순간만큼은, 온갖 비난을 다 받는 백종택이 비웃는 대도 할 말이 없었다.

그러나 월월월!

싸리는 같은 행동을 계속하고 있었다.

한바탕 짖어대고는 앞발을 세우고 앉아 방 안을 노려보다 다시, 월월월! 조금 기다리다 또 월월월.

싸리의 표정은 더 없이 진지했다. 쫑긋 세운 두 귀와 번득이는 눈빛. 그건 주인에게 고결한 충성을 보내는 개의 모습, 바로 그것이었다.

그러다…….

놀라운 일이 벌어졌다. 싸리가 뛰어나와 승우의 발목을 잡아끈 것이다.

"안으로 들어가라는 건가 봐요."

민민이 소리쳤다.

하지만 영기가 없잖아?

승우는 그 말을 뱉지 못하고 민민을 바라보았다. 싸리는 다시 잡초 무성한 마당으로 달려갔다. 그리고 그 가운데 버티고

서서, 방 안을 보며 한 번, 승우를 보며 한 번, 짖기를 반복했다.

"민민……."

싸리에게 꽂혀 있던 승우의 시선이 민민에게로 옮겨졌다.

"왜요?"

"아무래도 안을 한 번 더 봐야겠다."

"영기가 없어도요?"

"삽살개 말이야… 미얀마에도 거리에 개가 많더구나. 그런데 저 개는 한국에서도 손에 꼽힐 정도로 영리한 개야. 왠지… 이유 없이 저럴 것 같지가 않아서……."

"좋아요. 저도 도와드릴게요."

민민이 먼저 마당 안으로 날아갔다.

왈왈왈!

민민을 본 싸리, 마루 가까이 다가가 더 간절하게 짖어댔다.

승우는 핸드폰 화면을 전등으로 삼았다. 사람의 체온이 사라진지 꽤 되어 보이는 고옥. 경찰이 헤쳐 놓은 수색의 흔적은 야밤을 따라 음산함으로 변해 있었다.

끼이이!

경첩이 간신히 붙어 있는 방문을 당겼다. 그러자 싸리도 승우의 뒤를 따랐다. 다시 봐도 방 안은 개판 오 분 전. 오히려 영기가 없다는 게 믿기지 않을 정도였다. 벽에는 지난 해 달력이 낡아가고 있었다. 그러니까, 작년까지는 누군가 살았다는 얘기였다.

인기척이 나자 헤진 이불 안에서 쥐 떼가 튀어나왔다.

찍찍!

버려진 뒤주와 옷가지, 무너진 살림살이도 보였다. 돈 될 만한 건 이미 사라지고 잡동사니만 무더기를 이룬 곳. 그 뒤주 위로 여자의 낡은 브래지어가 보였다.

뒤주 위에는 싸리가 날짱 올라가 있었다. 녀석은 그곳에 앉아 꼬리를 흔들었다.

'여자가 살았다는 얘긴데…….'

낡은 브래지어를 바라보는 순간, 뒤주 밑에서 찌익 하고 쥐가 또 튀어나왔다.

'읏!'

놀란 승우, 뒤주를 짚으며 중심을 잡으려다 그만 쓰러지고 말았다.

"아저씨!"

뒤주 뒤를 살피던 민민이 소리쳤다.

"걱정 마. 괜찮아."

민민을 안심 시키며 일어서려 할 때였다.

"……?"

승우는 영력 대신 신경을 곤두세웠다.

잘못 들은 걸까?

신기루처럼 귓전을 파고들었던 소리가 멈췄다.

"뭔데요?"

"쉬잇!"

민민에게 신호를 보낸 승우, 가만히 바닥에 대고 귀를 기울였다.

바스락!

쥐소리, 그리고…….

"……!"

승우의 오감이, 혈관의 흐름이 왈딱 일어났다. 들렸다. 한 올 실오라기처럼 위태로운 신음소리. 그러나 분명 쥐 소리가 아닌… 소리를 따라 고개를 돌리자 싸리가 보였다. 싸리가 올라앉은 뒤주… 그 아래에서 신음이 새어 나오고 있었다.

'잇!'

승우는 뒤주를 들었다. 그러나 안에는 잡동사니가 잔뜩 든 상황. 살펴보니 깨진 기왓장이 가득해 잘 들리지 않았다.

'불량 청소년들이 장난이라도 한 모양이군.'

다시 한 번 용을 써보지만, 뒤주는 한 뼘 정도 들리다 말았다. 이번에는 기와를 몇 장 덜어내고 잡아끌어 보았다.

드드득!

뒤주 발이 끌리자 그 아래의 장판도 함께 끌려왔다.

"후우!"

잠시 숨을 돌리는 순간, 민민의 고함이 귀를 뚫고 들어왔다.

"아저씨, 여기 뭐가 있어요!"

숨 돌릴 사이도 없이 민민을 돌아보는 승우. 화면을 비추니 낡은 나무판이 보였다. 신문지 한 장만 한 그것은 방 아래로 내려가는 비밀통로였다.

비밀통로!

월월월!

어쩔 사이도 없이 싸리의 영기가 나무 사이의 틈을 비집고 들어갔다. 민민도 질세라 뒤를 이었다.

"……?"

낡은 통로지만 힘들이지 않고 열렸다. 누군가 최근에 사용했다는 반증이었다. 여기서 승우의 피가 확 달아올랐다. 긴장의 극한이었다.

하지만 내려가는 나무다리는 거의 다 썩어 있었다. 승우가 밟자마자 무너져 내린 것이다.

"읏!"

조심했지만 승우는 곤두박질치고 말았다.

"아저씨!"

민민이 그 앞에 있었다. 싸리도 거기서 맴돌고 있었다.

승우, 그제야 알았다. 민민이 자신을 걱정하는 게 아니라 간발의 차이에 쓰러져 있는 물체를 깔아뭉갤까 봐 걱정하고 있다는 사실을…….

"……!"

화면을 비춰 물체를 확인한 승우는 숨이 멈출 것 같았다.

아이였다, 남자아이였다. 더 놀라운 건 아이의 상태였다.

"음… 으음……."

승우는 들었다. 분명 들었다. 어쩌면 6.25 때의 비밀 대피소였을까? 아니면 냉장고 없던 시절의 지하 저장고였을까?

고작 한 평 남짓한 지하 공간. 그나마 오래 돌보지 않아 벽을 타고 지하수가 스며드는 곳. 그곳에 버려진 아이의 목에서 분명, 생목숨의 소리가 넘어오고 있었다.

"나 수사관, 나 수사관!"

승우는 핸드폰이 터져라 소리쳤다.

* * *

띠뽀띠뽀!

119구급차는 미친 듯이 질주했다. 지방 도시… 근처에 큰 병원이 없었다. 가장 가까운 의료원으로 방향을 잡았다. 승우는 구급 칸에 있었다.

"뭐래요?"

승우가 여자 조수석의 구급대원에게 물었다.

"준비해 두겠답니다."

구급대원이 통화를 마쳤다. 의료원 응급팀에 연락을 취한 것이다. 백지훈을 지상에 묶어둔 건 가느다란 생명줄 하나. 가는 길에 톡 끊겨도 이상하지 않을 일이었다.

실종 8일 차.

백지훈이 돌아왔다. 그러나 아직 어린아이. 그렇기에 산 것도 죽은 것도 아니었다. 그 은밀한 곳에 버려진 아이… 입에는 면 머플러로 재갈이 물렸고 손발까지 묶였다.

그래도 생명은 위대했다. 천운으로 물이 있었다. 흙벽을 타고 내려온 물이 축축했고, 아이는 본능적으로 그걸 핥았다. 그나마 면 재갈이 행운이었다. 면 머플러였기에 수분 흡수가 가능했던 것이다.

만약, 청테이프 같은 것이었다면 승우는 시신을 발견했을지도 몰랐다.

"다 왔습니다!"

구급대원이 앞에서 소리쳤다. 윈도우 사이로 의료원이 모습을 드러냈다. 서울처럼 좋은 시설을 갖춘 곳은 아닌 곳. 그러나 촌각을 다투는 지금 그런 걸 가릴 문제가 아니었다.

산소호흡기가 씌워졌다. 의료진 여섯 명이 달라붙었다. 한

가롭던 응급실은 바로 야전병원을 방불케 하는 분주함으로 가득 차 버렸다.

"어떻습니까?"

뒤에서 지켜보던 승우가 물었다.

"간호사, 이 사람 뭐야? 내보내!"

까칠한 진료과장은 짜증부터 작렬했다.

"이봐요, 중대한 사건입니다. 아이 상태라도 좀 말해주세요."

승우가 다시 말했다.

"간호사!"

과장은 거듭 짜증을 폭발시켰다.

"……."

승우, 발끈했지만 일단 복도로 나왔다. 진료가 우선이기 때문이었다.

"저 의사 너무 하는 거 아닙니까? 우리가 방해를 하는 것도 아닌데……."

같이 밀려난 나수미가 핏대를 올렸다.

"내가 알아서 할 테니까 다른 조치부터 취해."

"알겠습니다."

나수미가 핸드폰을 들고 돌아설 때 백종택과 가족들이 밀려들었다.

"검사님!"

"진료 중입니다."

"살았죠? 그렇죠?"

지훈의 어머니가 물었다.

"예, 잘될 겁니다."

"아이고, 부처님, 예수님, 천지신명님, 고맙습니다. 고맙습니다!"

백종택은 그 자리에 주저앉아 목 메인 탄식을 쏟아냈다.

20분 경과…….

이어 진료과장이 수련의 둘을 대동하고 나왔다.

"선생님, 우리 아이 괜찮습니까?"

지훈의 어머니가 달려가 물었다.

"아, 이 양반들 정말… 자다 뛰어나온 사람 생각은 안 하고……. 나도 숨 좀 돌립시다. 숨 좀!"

진료과장, 선하품을 뱉으며 유세를 떨었다. 지방의료원의 진료과장, 야밤에 나와 준 게 엄청난 자비라도 되는 줄 착각을 하고 있었다.

"이봐요, 이재일 과장님!"

가운의 이름을 봐두었던 승우가 과장을 불러 세웠다. 참았던 꼭지가 딱, 절반쯤 돈 상황이었다.

"뭐요?"

"당신 의사 맞아?"

반말 작렬. 응급조치가 끝났으니 이제 꿀릴 것도 없었다.

"뭐야?"

"말했잖아? 일주일 동안 실종되었다가 겨우 찾은 아이라고. 오늘이 자그마치 팔 일째야!"

"야, 이 인간 뭐하는 인간이야?"

과장이 뒤쪽의 수련의들에게 물었다. 결국, 승우는 남은 절반의 꼭지가 마저 돌고 말았다.

"나 검찰청 수사검사 송승우다. 그런 게 그렇게 중요해?"

"검사?"

"그래, 당신은 자식도 없나? 이 아이 찾으려고 여기 부모님들과 경찰들이 얼마나 고생을 한 줄 알아? 자그마치 수천 명이 동원되어 애간장이 다 녹아내리도록 찾았다고. 그런데 뭐 숨을 돌려? 우리가 지금 장난하는 걸로 보여?"

승우가 닦아세우자 과장은 눈알을 뒤룩거렸다. 응급한 어린이 하나를 경찰이 데려오는 중이라는 전화를 받고 나왔던 과장. 그제야 잠이 왈딱 깨는 것 같았다.

"야, 왜 진작 검사님이라고 얘기 안 했어?"

상황이 여의치 않자 과장은 수련의를 닦아세웠다.

"됐으니까 애 상태나 말하셔!"

승우는 과장을 계속 조였다.

"이리 오십쇼. 검사님인 줄 몰랐네. 내 방에 들어가서 얘기합시다."

과장의 목소리가 낮아졌다. 따로 수습하려는 속내가 엿보였다.

"됐고. 진단이나 얘기하셔. 부모님들 궁금해 하는 데다 범인에 대한 조치도 해야 하니까!"

"탈진에 저체온… 좀 심각하긴 하지만 생명에는 지장이 없을 것 같습니다."

"그 말 한마디 해주는 게 그렇게 힘드신가?"

"……."

"부모님들이 아이를 만나는 건 괜찮겠지?"

"그, 그야……."

승우의 포스에 눌린 과장의 시선이 길을 잃고 있었다.

"들어가시죠."

승우는 백종택 일가를 데리고 응급실로 들어갔다.

백지훈!

다행히 발견 당시보다는 혈색이 조금 더 돌아와 있었다.

"아이고, 지훈아!"

지훈이를 본 백종택은 어쩔 줄을 몰랐다.

"검사님, 고맙습니다."

그나마 정신 줄이 온전한 건 아버지 백명재. 그는 거듭 허리를 조아려 승우에게 감사를 표했다.

"잠깐 좀 볼까요?"

승우는 백명재를 밖으로 불러냈다.

"아무튼 지훈이를 찾게 되어 다행입니다."

"고맙습니다. 거긴 나도 두 번이나 가 본 곳이었는데……."

백명재, 갈비뼈가 무너져라 안도의 숨을 쉬었다.

"그보다… 그 집 말입니다. 혹시 누구 소유고 최근까지 산 사람이 누군지 좀 아시는지요?"

"소유는 우리 아버지 것입니다만……."

"예?"

묻던 승우가 고개를 들었다. 그 폐가가 백종택 소유?

"원래는 다른 사람 것인데 일수 돈을 쓰고 못 갚게 되었어요. 그래서 아버지가 명의를 인수한 후에 조금 손봐서 식당 종업원 숙소로 썼습니다만……."

"숙소라고요?"

"하지만 작년 이후로는 쓰지 않고 있습니다. 그 후 재수 없는 것 같다고 헐값이라도 팔겠다고 내놨는데 워낙 부동산 매기가 없어서……."

"그럼 작년까지는 종업원들이 살았다는 얘기로군요?"

"예……."

"이상하군요. 자기 집인데 방바닥에 그런 공간이 있다는 걸

몰랐습니까?”

“그건 정말 몰랐습니다. 그 집 인수 당시 장판하고 도배가 멀쩡해서 그냥 썼고요. 아버지 소유라고 해도 우리가 들어가 산 건 아니니까…….”

“그럼 그 집 원래 주인은 누군가요? 그 동네에 삽니까?”

“웬걸요. 그 주인이 원래 정신이 오락가락하는데 우리한테 집 내주고 다른 동네 가서 세 살다가 봄에 죽었죠.”

“그럼 그 방에 그런 공간이 있다는 걸 아는 사람은요?”

“글쎄요… 과거 6. 25 때 피난이나 비상식량을 안 뺏기려고 그런 공간을 만든 집이 더러 있다는 말은 들었는데, 보시다시피 다른 주택들은 다 현대화된 터라…….”

“그럼 장판 업자는 알겠군요.”

“그것도 아닐 겁니다. 이런 동네에서는 장판 같은 거 직접 사다가 깔거든요.”

“잘 생각해 보세요, 아드님. 범인을 잡아야 합니다.”

“글쎄… 저도 거기 그런 공간이 있는 줄 몰랐던 터니…….”

“좋습니다. 그럼 거기 살았던 식당 종업원들 명단 좀 주세요. 한 명도 빠뜨리지 말고.”

“거기 살았던 아줌마는 두 명이에요. 한 명은 박춘심이라고 먼저 살다가 서울 쪽으로 옮겨갔고… 나중에 산 게 이순애인데 결핵에 걸려서…….”

"해고했다는 그 사람이군요?"

"예……."

"다른 사람은 없습니까?"

"없어요. 그 아줌마가 거기서 결핵 걸려서 우리 애에게 옮기는 바람에 아버지가 여자도 내쫓고 집도 폐쇄시켜 버렸거든요."

"미안하지만 그때 해고 과정에서 좀 불미스러운 일이 있었다던데……."

"그건……."

"자세히 말씀하세요. 어쩌면 중요한 단서가 될 수도 있습니다."

"하아……."

"사장님!"

"그게… 아버지가 좀 야박하게 하셔서 저도 기분이 찜찜하던 차인데 일이 이렇게 되고 보니……."

백명재는 겨우겨우 입을 열었다.

이순애는 길림성에서 온 중국 동포였다. 얼굴은 된장 같지만 순박했다. 손맛도 야무지고 일도 잘했다. 성품까지 착해서 일 시켜먹기에는 최상급이었다.

원래는 주방에 딸린 방에서 숙식을 해결했다. 그러다 거기

살던 박춘심이 서울로 가면서 집이 비었다. 백종택은 이순애를 거기로 옮겼다.

이유는 돈 때문이었다.

집이란 사람이 살아야 꼴이 되는 법.

이전 주인이 오랜 병자라 생기가 없던 집. 그러나 박춘심이 살면서 조금 나아졌다. 그러니 누군가 들어가 살아야 집 꼴이 잡힐 거라는 계산이 섰다. 그래야 임자가 나더라도 제값을 받을 수 있었다.

착한 이순애는 그 제안을 받아들였다. 그렇다고 수리비를 들인 것도 아니었다. 박춘심이 쓰던 허접한 가구를 그대로 떠안았다. 실은 병자였던 전 주인이 버리고 간 것들이었다.

이순애는 거기서 먹고 자며 식당 일을 했다. 그러다 언젠가부터 기침을 하기 시작했다.

콜록!

"메르스다!"

"홍콩 독감이다!"

이런저런 농담이 오가는 가운데 그녀의 기침이 깊어갔다. 작은 동네라 약국이 없던 이순애. 더구나 비자 만료로 불법취업자가 된 까닭에 보건소나 병원은 가려 하지 않았다.

그녀는 길림에서 배운 민간요법으로 기침과 맞섰다. 조금 차도가 있는 듯했지만 낫지 않았다. 그러다 어느 날, 그녀의 기침에서 혈담이 나왔다.

"아버지가 언제 그 아줌마 피 토하는 걸 본 모양이더라고요. 그 즈음에 우리 지훈이도 감기가 떨어지질 않았고……."

백명재는 깊은 날숨을 토하고 계속 말을 이었다.

"지훈이를 데리고 병원으로 갔는데 폐렴이라고 해요. 그것도 아주 심하다고… 아버지가 이순애를 내쫓으려고 마음먹은 게 그때였을 겁니다."

거기서 불미스러운 일이 겹쳤다.

당시 착한 이순애는 월급을 백종택에게 맡겨두고 있었다. 까닭이 있었다. 백종택이 일수를 놓아 이자를 불려준다고 약속했던 것. 실제로 그가 이자놀이를 하고 있었기에 이순애는 백종택을 믿고 최소한의 용돈만 빼고 모두 위탁을 했다.

그 또한 욕심 때문이었다. 중국에 몸이 아픈 노부모를 두고 온 이순애. 한 푼이라도 더, 더 빨리 벌어서 귀국할 생각을 가지고 있었던 것이다.

하지만 백종택은 그 기대를 저버렸다. 그녀가 결핵으로 판정되자 그걸 시비로 삼았다.

너 때문에 금쪽같은 손주가 중병에 걸렸고!

너 때문에 식당 매상 줄게 생겼고!

너 때문에 집값도 똥값 되게 생겼다!

백종택은 그 세 가지를 들어 이순애가 위탁한 돈 900만 원을 돌려주지 않았다. 차용증도 없는 데다 비자까지 만기가 지난 상황. 그녀는 결핵이라는 깊은 상처를 안은 채 중국으로 돌아가는 수밖에 없었다.

"당시 아버지가 너무 하는 거 같아서 제가 비행기 값이라도 하라고 100만 원을 찔러줬는데 더럽다고 거절하더군요."

이야기를 마친 백명재가 고개를 떨구었다. 그나마 아버지보다는 정이 있는 사람 같았다.

"그 여자… 사장님 아버지께 감정이 많겠군요?"

"그럴 수도 있지만 중국으로 간 지 오래라서……."

"재입국 여부를 확인해 보겠습니다."

승우가 말했다. 범죄의 동기가 충분한 상황. 작은 가능성까지도 체크하는 게 옳을 것 같았다.

"그럼 지금 있는 동포 아줌마들 말입니다. 이순애 씨와는 무관한 겁니까?"

"그럴 겁니다. 동포 아줌마들은 워낙 자주 바뀌어서요. 지금 일하는 아줌마들도 소개소에서 온지 서너 달씩밖에 안 되거든요."

"아줌마들을 고용 경로는 소개소입니까?"

"어떨 때는 소개소를 통하고… 또 어떨 때는 아줌마들한테 부탁하면 아는 사람이 오기도 합니다."

"자기들끼리 커뮤니티가 형성되어 있군요?"

"그런 것 같습니다. 여기 아줌마들이 상당 연길에서 오는데 그쪽이 우리보다 가족 같은 분위기라 연줄로 아는 사람이 많다더군요."

"그 말을 조금 확대하면 지금 일하는 아줌마들이 이순애와 아는 사이일 수도 있겠군요. 혹은 소문을 들었다거나……."

"뭐 그럴 수도 있겠지요."

"확인해 보지는 않으셨다?"

"예. 우리가 그렇게 시시콜콜 따져 가며 그 아줌마들 채용할 상황이 아닙니다. 웬만하면 다들 서울 가서 일하려고 하거든요. 그렇잖아도 한 분이 뒤숭숭해서 일하기 싫다고 아까 중국으로 가버리는 바람에 당장 사람 구해야 하게 생겼답니다."

"누가 그만두었다고요?"

"윤길순 아줌마라고… 말수는 적지만 차분하고 눈치 빠른 아줌마였는데……."

"아까?"

"지훈이 실종된 후부터 불안해서 일 못 하겠다는 말을 몇 번 했었습니다. 우리 아줌마들이 경찰 조사를 좀 세게 받은 모양이더라고요. 자기들 힘없다고 죄인 취급한다고……."

"잠깐만요, 다른 곳이 아니고 중국이라고 했나요?"

"예, 분명히 그렇게 들었습니다."

"비자 만료인가요?"

"아뇨. 우리나라 들어온 지 몇 달 안 된 걸로 압니다만, 이번에 충격이 컸나 봅니다."

"다른 아줌마들은요?"

"그분들도 월급은 준다니 입 닫고 있는데 아마 머잖아 다른 곳으로 옮겨갈 겁니다."

'이직'은 공감이 가는 일이었다.

그러나 '중국으로'는 공감이 되지 않았다. 중국 동포들은 한국에 나오려면 큰마음을 먹어야 한다. 더러는 빚은 내서 오기도 한다. 비싼 알선료와 비행기 값 등을 뽑고 목돈을 쥐려면 적어도 수년은 한국에서 일을 해야 한다.

그런데 경찰 조사 좀 세게 받았기로 중국행이라니?

"혹시 그분 이순애 씨랑 연관은 없습니까? 어떻게든?"

"그것까지는 저희도 잘 모릅니다."

"어떻게 채용했습니까?"

"우리 아줌마들 보내주는 소개소에서요."

"그럼… 이순애는요? 그 아줌마는 어떻게 채용했습니까?"

"그 아줌마도 같은 소개서에서요."

"소개소 명함 있나요? 전화번호라든가?"

"번호는 저장되어 있습니다. 제가 몇 년째 가끔 소개받는 중이라……."

백명재는 전화를 꺼내 이름을 뒤졌다.

"여기요."

"걸어서 저 좀 바꿔주세요. 급한 일입니다."

"알겠습니다."

백명재는 승우가 시키는 대로 버튼을 눌렀다. 깊은 밤이라 그런지 통화는 잘되지 않았다. 그러다 다섯 번째만에야 통화가 연결되었다.

"여보세요? 검찰청 송승우 검사라고 합니다."

전화를 받아든 승우, 중범죄임을 전하고 두 중국 동포의 소개 과정을 캐물었다.

—서류나 메모는 사무실에 있는데 내일 아침에 알려드리면 안 될까요?

"촌각을 다투는 일입니다. 협조 안 하면 당장 수사대를 사무실로 보내겠습니다."

압박이 먹혔다. 소개소라면 암암리에 불법 소개가 있을 수도 있는 일. 화들짝 놀란 소장은 30분쯤 후에 전화를 걸어왔다.

—다른 건 모르겠고요, 메모 보니까 그 식당에서 일하기를 희망했었습니다. 뭐 거기 사장님이 사람 좋다는 소문 듣고 왔다고……. 그래서 다른 식당에서 일하는 도중에 옮겨주었습니다. 다행히 거기 일하던 아줌마가 금세 다른 곳으로 가는 통에…….

"소문은 누구한테 들었고요?"

—그런 메모는 없습니다. 제가 뭐든 다 적어놓지는 않거든요.

"알았습니다."

—그럼 수사관 안 오는 걸로…….

승우는 소장의 말이 끝나기도 전에 통화를 끝냈다.

소문을 듣고 왔다.

처음부터 그 식당 취업을 원했다.

승우는 일단 윤길순의 출입국금지조치를 취하고 공항과 항만으로 수사관을 급파했다.

"범인이 밝혀졌습니까?"

그 사이에 백종택이 다가왔다.

"검사님 말이… 이순애가 의심스러운 모양입니다. 그 아줌마가 우리한테 앙심을 품고 사람을 보내 해코지를 한 건 아닌가 모르겠네요."

"이순애?"

아들의 말을 들은 백종택의 눈이 출렁 흔들렸다. 그건 단순한 놀라움이 아니었다.

백종택!

그는 왜 그 이름에 경기를 하는 걸까?

*　　*　　*

옴소마니 소마니 훔.

하리한다 하리한다 아라.

야 훔.

바아밤 바하라 훔바탁…….

백종택은 황급히 주문을 외웠다. 그러고는 북녘을 향해 세 번 허리를 굽혔다. 잡귀를 떨쳐내려는 항마 진언이었다. 승우는, 가만히 그를 지켜보았다.

"정말 이순애가 사람을 시켜 해코지를 한 겁니까?"

백종택이 질문을 던졌다.

"여러 가능성을 두고 수사를 하는 것뿐입니다."

승우가 잘라 말했다.

"그럼 그렇지… 그년이 아니야. 다 그놈의 강아지 때문이라니까."

"강아지요?"

이번에는 승우가 물었다.

"재수 없는 강아지가 들어왔으니 집안이 이 꼴 아닙니까? 자칫하다간 우리 집안이 막 내릴 판이라고요."

재수?

이봐요. 그 강아지가 당신 손자를 살린 겁니다.

그 말이 입에서 맴돌았지만 그냥 넘겨 버렸다. 아직은 따로 확인할 일이 첩첩산중이었다.

아침이 되면서 윤길순 소식이 들어왔다. 그녀는 평택항에서 권오길에 의해 신병이 인수되었다. 공항 쪽에는 유 계장이 나가 있었지만 다행히 항구에서 신병을 확보한 것이다.

"서둘러 출국하려던 이유가 뭐래?"

승우가 묻자,

"그냥 한국에 만정이 떨어졌다는군요. 자기는 죄 없으니까 보내달라는 말만 되풀이하고 있습니다."

권오길이 대답했다.

"이쪽으로 데리고 내려와."

승우는 지시를 남기고 통화를 끝냈다.

아침은 지역 경찰서 서장과 함께 먹었다. 좁은 동네, 더구나 지역사회가 떠들썩한 사건이었다. 형사과장을 대동하고 온 서장은 얼굴부터 붉혔다.

"거 참… 그 집 수색은 나도 지켜보았는데……."

귀신이 곡할 노릇.

그렇다. 어떤 사건에는 그런 마가 끼었다. 때로는 눈앞에 지명수배자가 지나가는 데도 인식하지 못할 때가 있다. 그러니 아무리 수색이라고 한들 집을 뒤엎어 탈탈 털어볼 수는 없는 일. 더구나 은밀한 장소였기에 승우는 경찰을 탓하지 않았다.

"범인 단서는 나왔습니까? 뭐든지 협조를 해드리겠습니다."

서장은 적극적이었다.

"몇 가지만 확인 중입니다. 사안이 나오면 요청할 테니 조금만 기다려 주십시오."

"일단 인력부터 파견하겠습니다. 병실 감시도 하셔야 할 테고……."

"더불어 기자들도 좀 막아주세요."

"그건 염려 마십시오."

서장의 다짐을 들으며 일어섰다. 권오길이 도착할 시간이었다.

다시 병원으로 돌아온 승우는 백명재를 불러냈다. 하나 더 확인할 일이 있었다.

"삽살강아지요?"

승우가 묻자 그가 눈을 동그랗게 뜨며 반응했다.

"어르신께서는 강아지를 증오하고 있더군요. 어떻게 집에 들였는지, 왜 그렇게 미워하는지 궁금해서요."

"이 사건과 관련이 있습니까?"

"그렇다고도 할 수 있습니다."

승우는 부인하지 않았다.

"그게… 저도 자세히는 모릅니다. 어느 날 그 강아지가 우리 집 앞에 있었어요. 지훈이가 데려온 건지 따라온 건지. 몰골이 하도 흉해서 버리라고 했는데 아이가 불쌍하다고 막무가내였어요. 막말로 8대 독자 외아들인데 강아지 키우고 싶다면 비싼 명견인들 못 사주겠습니까?"

"……."

"그런데 지훈이 놈이 뭐에 쓰였는지 죽어도 그 강아지하고 안 떨어지는 겁니다. 평소에는 우리 말 잘 듣던 아이가……."

"계속하시죠."

"그런데 마침 그 강아지가 오는 날, 아버지 꿈자리가 사나우셨답니다."

"꿈자리요?"

"아버지 말씀이 그 강아지 눈빛이 싫다고 하시더군요. 애꾸에다 하나뿐인 눈빛도 생전에 야단치던 당신 부친 눈빛이 나온다고……."

"……?"

"그래서 지훈이를 꼬시고 또 꼬셨지만 결국 실패했어요. 우리 아버지, 세상 누구 말도 안 듣지만 지훈이 말이라면 꼼짝도 못 하시거든요."

"예……."

이해가 갔다. 이들이 종종 강조하는, 무려 8대 독자가 아니신가?

강아지 때문에 악몽에 시달렸다.

눈빛이 죽은 아버지를 닮았다.

백종택이 내세운 표면적인 이유.

어쩌면 우연의 일치인 것도 같았다. 흉측한 강아지가 들어왔으니 기분이 좋지 않다. 더구나 금이야 옥이야 기르는 손주 품에서 떨어지지를 않는다. 노인 마음은 온통 노심초사뿐. 그럴 수도 있을 일이었다.

딩디로롱!

그사이에 권오길이 도착했다는 전화를 걸어왔다.

"검사님!"

차를 세운 권오길이 손을 흔들었다. 잠시 후에 한 여자가 차에서 내렸다. 윤길순, 중국 동포 아줌마였다.

그녀, 권오길에 이끌려 승우에게 다가왔다.

하지만 승우는 그녀를 비껴 차를 향해 걸어갔다.

"검사님!"

권오길이 승우를 불렀다. 그래도 멈추지 않았다. 열린 찻창 사이로 윤길순의 가방이 보였다. 거기 먼저 닿은 건 민민이었다.

"아저씨!"

민민이 가방 위에서 날짱거렸다.

영기…….

승우와 민민을 잡아끈 건 가방 안의 영기였다.

"영기가 숨을 죽였어요."

민민이 말했다. 물론, 승우도 알고 있었다. 제법 강하게 느껴지던 영기였다. 하지만 승우와 민민이 다가오자 흔적만 남기고 잦아들었다.

"가방 좀 볼 수 있을까요?"

승우가 윤길순을 돌아보았다.

"거긴 별거 없어요."

윤길순이 퉁명스럽게 대답했다.

"그렇겠죠. 잠깐이면 됩니다."

윤길순은 승우를 한 번 쏘아보더니 차 쪽으로 다가와 시트 위에 가방을 쏟았다. 이런저런 잡동사니들이 와르르 쏟아졌다.

반짝!

영기의 근원지 위에서 민민이 찰랑거렸다. 승우가 그걸 지목했다. 윤길순은 마지못해 그걸 열었다. 작은 주머니 입구가 열리자 비밀의 물체가 나왔다. 낡은 손수건이었다. 피를 머금고 말라비틀어진 손수건이었다.

"이거 뭐죠?"

승우가 물었지만 윤길순은 대답하지 않았다.

그때였다.

"검사님, 검사님!"

병원에서 지훈이 엄마가 뛰어나왔다.

"지훈이가 깨어났어요. 빨리 와보세요!"

순간, 윤길순이 헐렁한 곳을 향해 달아나기 시작했다. 승우는 병실을 향해 걸었다. 저 정도는 권오길 혼자서도 충분할 일이었다.

"지훈아, 엄마야, 엄마!"

침대 앞으로 다가선 엄마는 지훈이의 손을 잡고 울먹거렸다.

"엄… 마?"

"그래. 엄마… 아이고, 하느님!"

지훈이 엄마는 지훈의 가슴에 얼굴을 묻었다.

"여기 할애비도 있다. 할애비!"

백종택도 목매인 발음을 쏟아냈다.

"싸리는?"

지훈이는 무엇보다 싸리부터 찾았다.

"그깐 똥강아지가 문제니? 네가 살았으니 이제 됐다. 이제 됐어."

백종택은 거푸 가슴을 쓸어내렸다.

"안 돼… 싸리 찾아줘……. 싸리가 나 구해준 거야."

지훈이의 고개가 좌우로 움직이며 탐색을 시작했다.

그러자!

왈왈!

어디서 나타났는지 싸리의 영기가 침대 위로 뛰어올랐다.

"싸리야!"

더 신기한 건 지훈이의 반응. 영령이 된 싸리를 알아보는 게 아닌가?

왈왈!

"고마워, 너도 많이 아팠을 텐데……."

지훈이는 사리의 영령을 제 살처럼 쓰다듬어 주었다. 싸리는 주인의 얼굴을 핥으며 영영 사라져 버렸다. 안개가 바시시 부서지듯이.

"싸리……."

지훈이의 눈에서 눈물이 흘러내렸다.

"아이고, 얘가 왜 이러냐? 그놈의 똥개가 우리 손주 정신까지 망쳐놨구나."

백종택의 탄식이 쏟아져 나왔다.

승우는 지훈이에게서 눈을 떼지 않았다. 죽은 강아지의 영령을 보았다. 만지고 쓰다듬기도 했다. 그렇다면 이 아이, 가사상태에 있는 건가? 혹시라도 접신을 하고 있는 건가?

후읍!

확인에 들어갔다.

다행히 그건 아니었다. 비몽사몽 중에 싸리를 본 모양이었다.

눈을 찔끔 감아 뜬 지훈이, 어쩔 줄 모르는 엄마를 향해 고개를 들었다.

"엄마……."

"지훈아!"

엄마가 지훈의 손을 잡았다.

"무서웠어……."

"그래, 그래……. 이제 괜찮아. 엄마가 너 지켜줄게."

"저 아저씨가 나를 구했지?"

'응?'

또다시 돌연한 말로 주변을 놀라게 하는 지훈.

"싸리가 저 아저씨 데려왔어. 내가 갇힌 땅속으로!"

"……!"

지훈의 말에 반응은 두 패로 갈렸다. 백종택은 겨우 멈춘 탄식을 쏟아냈고 승우는 놀란 입을 다물지 못했다.

"싸리가 나를 구해준 거야."

백지훈…….

또렷하다. 헛소리가 아니었다.

이 아이……. 비몽사몽 동안에 인간계와 영계를 다 보고 있었던 모양이었다.

"백지훈!"

그쯤에서 승우가 나섰다.

"안녕하세요?"

"이젠 안심해도 돼. 아무도 너를 해치지 못할 거야."

"네……."

지훈이의 목소리는 조금씩 안정되어 갔다.

"아저씨가 나쁜 사람 잡아서 벌주는 검사거든. 그래서 묻는 건데… 누가 지훈이 거기에 가뒀는지 말해줄 수 있겠니?"

"네!"

"누구야?"

"길순 아줌마요!"

지훈이는 주저 없이 대답했다.

"윤길순?"

그러자 백종택의 목소리가 확 올라갔다.

"윤길순? 그 조선족 여편네?"

치미는 울화 때문인지 비하적인 표현까지 나왔다.

"그 아줌마가 싸리를 막 때리고 밟고 나를 잡아갔어요. 우리 할아버지 눈에도 피눈물 좀 나야 한다고……."

"피눈물? 아니, 그놈의 여편네가 나한테 무슨 억하심정이 있다고? 내 이 여편네를……."

백종택은 팔을 걷어붙이고 뛰어나갔다.

"다른 사람은 없었고?"

승우가 또 물었다. 지훈이는 대답대신 고개를 저었다.

"처음부터 거기다 가둔 거야?"

"네, 꽁꽁 묶어서 던져 버렸어요. 이렇게!"

지훈이는 제 팔을 휘둘러 버려지는 시늉을 했다.

"먹을 거는?"

그 질문에도 지훈이는 고개를 저었다. 일주일… 먹을 거 하나 없이 아이를 버렸다. 처음부터 살인을 작심한 범행이었다.

"어머니……."

질문을 마친 승우가 지훈 엄마를 돌아보았다.

"예……."

"윤길순 씨가 이런 감정을 품을 만한 일이 있었나요?"

"아뇨. 그 아줌마하고는 전혀……. 서로 싫은 소리 한번 없었어요."

"없었다?"

"네. 워낙 자기 할 일 자기가 알아서 하는 사람이라 잔소리도 별로 안 했어요. 감정이라면 오히려 다른 아줌마들이……."

"알겠습니다."

승우는 현관 쪽으로 나왔다. 밖이 보이자 소란이 귀를 때려왔다.

"이년아, 남의 나라 온 거 등 따습고 배부르게 먹여주고 월급 줬더니 은혜를 원수로 갚아? 그래, 우리가 대체 너한테 무슨 잘못을 했다고 남의 8대 독자 손주를 죽이려고 했더냐?"

소란의 주인공은 백종택이었다. 그는 윤길순을 닦아세우고 있었다. 그는 몸부림을 치지만 몸은 경찰들에게 제압되어 있었다. 윤길순은 권오길이 보호 중이어서 결국 악다구니만 퍼붓는 백종택이었다.

"저쪽으로 모시세요."

승우가 경찰들에게 지시를 내렸다. 그런 다음 앞서 걸었다. 권오길, 그 눈치를 차리고 윤길순을 데리고 그 뒤를 따랐다.

권오길의 차로 돌아온 승우가 피 절은 손수건을 집어 들었다.

"이거 윤길순 씨 것이 아니군요?"

"……."

"주인은 죽었습니다."

"……?"

고개를 숙이고 있던 윤길순이 파뜩 고개를 들었다. 그때 다시 승우의 전화기가 울렸다. 이번에는 나수미였다.

"수고했어. 여기 권 수사관 내려와 있으니까 와서 합류해."

승우는 보고를 듣고 전화를 끊었다.

"윤길순 씨……."

"……."

"이 손수건 이순애 씨 겁니까?"

승우가 손수건을 내밀었다. 허를 찔린 듯, 윤길순은 입을 반쯤 벌린 채 대답하지 못했다.

"방금 우리 직원인데 중국에다 확인을 했습니다. 이순애

씨……. 한국에서 돌아간 지 두 달이 못 되어 사망했더군요."

"……."

"백종훈 씨에게 이미 들었겠지만 지훈이가 범인으로 당신을 지목했습니다. 강아지를 밟아죽이고 자기를 폐가 지하에 처박았다고요."

"……."

"채워 드릴까요?"

승우가 지갑을 꺼내보였다. 그 흔들림 뒤로 백종택이 악을 쓰는 게 보여다.

"이 인간 말종 조선족 년아, 내 손주가 잘못되면 너는 내 손에 죽는다."

백종택은 두어 번 더 악을 쓰다 경찰들에게 끌려 모습을 감췄다.

"당신… 중국에 아이가 있나요?"

승우가 물었다.

"……."

"기적적으로 지훈이가 살아났지만 당신은 이미 아이를 죽인 거나 다름없습니다. 어린아이를요."

"……."

"목숨이야 다 똑같지만 그래도 8대 독자입니다. 그 식당에서 일했으니 모를 사람도 아니면서… 공범이 있죠?"

"……."

"버텨도 소용없습니다. 손주 때문에 가슴이 찢어지는 백종택 씨 가족을 생각해서라도 수사에 협조해 주시기 바랍니다."

"협조하죠."

그때까지 침묵하던 윤길순이 가라앉은 목소리로 대답했다.

"대신!"

그녀의 시선은 백종택이 소란을 피우던 곳으로 향했다.

"백종택, 저 천벌을 받아도 모자랄 인두겁을 쓴 인간……. 저 인간 손목에 먼저 수갑을 채우세요."

윤길순의 착한 눈에서 불꽃이 튀었다.

"윤길순 씨……."

"저 인간… 저 인간이 아플 가슴이 어디 있단 말입니까? 순진한 우리 순애 몸 뺏고 돈 뺏고, 그 모양으로 내쳐 죽게 한 인간이 무슨 가슴이 있단 말이냐고요!"

윤길순은 목이 터져라 소리를 질러댔다. 그러자 경찰을 뿌리친 백종택이 미친 듯이 달려왔다.

"아니, 이놈의 여편네가 사람 잡겠네? 아니, 니가 뭘 안다고 이죽거려? 너 뭐야? 너 순애랑 무슨 관계야?"

백종택, 그 역시 목청을 높여댔다. 돌발 상황을 우려한 권오길이 그를 막아섰다.

"이 추잡한 늙은이야. 내가 바로 이순애 사촌언니다. 이순애가 한국 갈 때 빚내서 비행기값 대준 언니!"

"……?"

"뭐라? 사람 잡아? 순진한 과부라고 밤마다 노리개로 삼아 건드린 주제에 어딜 감히. 말만 잘 들으면 한 밑천 챙겨준다고 해놓고 피땀 배인 월급까지 가로챈 주제에 뭐라?"

"아니, 이놈의 여편네가 돌았나? 말이면 단 줄 알아?"

"아니면? 네 오른쪽 배때지 옆에는 맹장수술 흉터가 S자로 있고 약 처먹어야만 서는 매가리 없는 고추대가리에는 위 아래로 사마귀가 있다지. 어디 내 말이 참말인지 거짓말인지 한번 벗어 보려무나!"

"……!"

카운터였다. 핏대를 올리던 백종택은 그 말 한마디에 완전히 녹아웃이 되고 말았다.

쿵!

소란을 듣고 달려 나온 며느리 지훈 엄마, 충격을 받고 쓰러졌다.

쿵!

그 뒤를 이어 아들 백명재도 쓰러졌다. 마지막 남은 백종택 역시 온몸이 흔들리더니 기어이 무릎이 풀리고 말았다.

6장

최상의 형벌, 개과천선

딸깍!

4번 조사실 안으로 승우가 들어섰다. 옆에는 나수미가 동행을 하고 있었다. 가슴에는 신분증이 반듯이 패용되어 있다. 먼저 들어와 있던 권오길이 꾸벅 인사를 하고 복도로 나갔다.

“편하게 앉으세요!”

승우가 피의자 윤길순을 바라보았다.

서울로 압송한 사람은 모두 여덟 명이었다. 정황상 백지훈의 부모까지 모두 소환해야 했지만 엄마는 병원에서 조사를 끝냈다. 지훈이의 간병을 위해 승우가 배려한 조치였다.

"미안합니다."

윤길순은 고개를 떨구었다. 그녀는 자기 죄를 뉘우치고 있었다. 하지만 백종택에 대해서만은 날선 눈빛을 거두지 않았다.

추잡한 살인마! 그녀가 그에게 붙인 이름이었다. 범행 동기는 이순애 때문이었다.

이순애와 윤길순.

사촌이지만 친자매처럼 자란 두 사람이었다. 박복한 남편복에 일찌감치 혼자된 이순애가 부모님 치료비와 장래 때문에 고민하자 한국행을 알선해 주었다. 필요한 비용도 윤길순이 빌려주었다. 이순애는 좋은 사장님 만나서 돈을 많이 벌 것 같다며 연락을 해왔다.

하지만 그건 단지 이순애의 단꿈이었다. 마침내 돌아온 이순애는 만신창이였다. 결핵으로도 모자라 가슴에 멍울로 남은 백종택의 늙은 만행. 돈 버리고 몸 버린 이순애는 결국 시름을 이겨내지 못하고 세상을 떠났다. 그때 그녀가 남긴 게 바로 피 묻은 손수건이었다. 그녀는 죽는 순간까지도 목에서 넘어온 피를 보며 치를 떨었다.

백종택!

사무친 원한의 근원이었다.

"언니, 나 죽으면 귀신이 되어서라도 그 인간에게 복수할 테야."

그녀가 말했고,

"그래, 꼭 복수하렴."

윤길순도 그 비원에 마음을 실어주었다.

"이거 흉하지만 잘 간직해 줘. 내가 복수하면 여기 맺힌 피가 사라질 거야."

그녀는 피 묻은 손수건을 내밀었다. 윤길순은 그걸 챙겨두었다.

이순애가 죽은 지 49일이 되는 날, 윤길순은 괴이한 꿈을 꾸게 되었다. 피로에 절어 잠깐 잠든 틈에 이순애가 문을 열고 들어선 것이다. 싸아한 흰빛에 감싸인 그녀가 한 말은 한 마디였다.

"언니, 나 복수할 수 있게 됐어. 몸을 잠시만 빌려줘."

그녀는 그 말과 함께 불쑥 윤길순의 안으로 들어왔다. 잠에서 깬 윤길순은 몸이 오싹해진 걸 느꼈다. 더 괴이한 건 장롱 안에 찔러두었던 피 묻은 손수건이 자기 손에 꼭 들려 있다는 사실이었다. 장례 이후로 꺼낸 적도 없던 손수건이었다.

더 이상한 건 손수건을 쥐는 순간이었다. 그때가 되면, 어쩐지 자신이 순애가 되는 것 같았다. 머릿속에는 말로만 듣던 백종택이 또렷이 떠올랐다.

'그놈 눈에 피눈물 나게 만들 거야.'

어느 순간 윤길순은 그렇게 중얼거리고 있었다.

복수는 결심만으로 끝나지 않았다. 먼 친척 하나가 대만에서 보이스피싱 사업(?)을 하고 있는 윤길순. 그에게 전화를 걸어 상의를 했다.

피눈물도 피눈물이지만 이순애가 강탈당한 돈까지 찾을 생각이었다. 아직도 살아 있는 그녀의 노모를 위해서였다.

돈을 가로채는 건 남자가 맡기로 했다. 대포 계좌도 그가 알려주었다. 인출도 그가 맡았다.

준비가 끝난 윤길순은 사전에 협박장을 준비해 한국으로 왔다. 종이는 이순애가 한국에서 쓰던 노트를 사용했다. 글씨는 한류에 빠진 중국 여중생에게 시켰다. 그저 재미삼아 글자를 그린 그녀는 아무런 의심도 하지 않았다.

그런 다음 이순애가 취업한 소개소를 찾아가 백종택의 식당에 일손이 필요하기를 기다렸다. 오래 걸리지는 않았다. 식당 아줌마들은 이직이 잦은 탓이었다.

식당에 들어가 일만 했다. 어떤 불만도 표시내지 않고 신임을 받았다. 오직 복수의 그날을 기다리며 기회를 엿보았다.

처음에는 백종택을 죽일 생각이었다. 이순애처럼 고통 속에 죽어갈 병에 걸리게 할 생각이었다. 하지만 그녀에게는 그런 재주가 없었다. 이순애의 빙의도 그렇게 강력한 신력을 갖고 있지는 않았다.

그러다 알게 되었다. 백종택의 피눈물이 바로 백지훈이라는 걸.

마음이 급했지만, 그녀는 참고 또 참았다. 무사히 출국하려면 중국 동포 아줌마들이 평균적으로 이직하는 기간을 채워야 했다. 그렇지 않으면 경찰이 눈치를 챌 것만 같았다. 타깃이 결정되자 장소를 확인했다. 폐가의 지하 공간은 이순애에게 들어 알고 있었다.

이순애, 결핵을 앓다 보니 바닥의 냉기에 민감했다. 아무래도 그쪽이 습한 것 같았던 그녀, 어느 날 가구를 치우고 장판을 들어보게 되었다. 지하 공간이 있음을 알았지만 별 의미는 없었다.

이미 결핵으로 백종택의 눈 밖에 난 상황. 맡긴 돈만 돌려주면 떠날 곳이라 다시 장판을 덮었다. 며칠 후에 그녀는 쫓겨났다. 지훈이가 병원에서 폐렴 판정을 받자 백종택이 돌변한 것이다.

아무도 모르는 그 공간…….

이순애 이후로 아무도 살지 않아 완전히 버려진 곳. 먼지 쌓인 장판을 들추자 먼지 대신 '언니, 언니' 하는 환청이 들리는 것만 같았다. 낡은 나무 뚜껑을 열었다. 윤길순은 하나도 무섭지 않았다. 아니, 한시라도 빨리 백지훈을 처박고 싶었다. 그때 그녀의 손에는 이순애의 손수건이 들려 있었다.

사실, 본심으로는 백종택도 함께 처박고 싶었다. 하지만 백종택까지 노리는 건 무리였다.

범행은 점심시간을 택했다.

한바탕 손님이 몰아닥친 후의 휴식 시간, 다들 고단한 자기 몸을 쉬느라 다른 사람에게 관심이 없을 시간이었다. 걸림돌 같은 건 없었다. 이미 백종택의 수금 시간까지 죄다 꿰고 있었던 것.

그렇다고 모든 게 일사천리로 끝난 건 아니었다.

생각지도 못한 문제가 있었으니 바로 삽살강아지 싸리였다.

"강아지는 모든 걸 알고 있는 것 같았어요."

회상하던 윤길순이 고개를 저었다.

"할아버지가 오라셔!"

지훈이를 데리고 나오는 건 쉬웠다. 폐가에 이르자 지훈이 위험을 감지했지만 때는 이미 늦은 후였다. 방 안에서 지훈은 제압한 윤길순은 장판을 걷고 지하 통로를 연 후 그 안으로 집어던졌다. 입과 손발이 묶인 아이, 윤길순 안에 들어온 이순애는 희망했다. 백종택의 희망이 처절한 고통 속에 죽어가기를. 그리하여 그 고통이 백종택의 고통으로 이어지기를.

다시 장판을 덮은 윤길순, 그 위로 뒤주를 끌어 놓고 뒤뜰에 나뒹구는 기왓장을 가져다 안에 채웠다. 뒤주 주변에 흙먼지도 잔뜩 뿌려놓았다. 폐가의 한 부분……. 다시 봐도 완벽했다.

그런데 완벽하게 해치우고 나올 때였다. 그 앞에 싸리가 버티고 있는 게 아닌가?

으르르!

싸리는 이빨을 드러낸 채 적개심을 드러냈다. 그때까지는 몰랐다. 윤길순, 싸리가 그토록 집요하게 물고 늘어질 줄은.

차고, 밟고, 때려도 싸리는 문 입을 놓지 않았다. 그나마 다행인 건 그녀가 장화를 신고 있었던 것. 주방에서 김치를 담그던 그녀였기에 목 짧은 장화를 신는 날이 많았다.

웅덩이 앞에서 강아지의 저항은 최고조에 달했다.

죽여 버려!

윤길순 안에 들어온 이순애가 말했다. 그 안에 들어온 이순애가 행동했다. 윤길순의 몸을 빌린 그녀, 쌓인 한에 도전하는 싸리에게 처절한 분노를 퍼부었다.

밟고, 밟고, 또 밟았다.

결과는 싸리의 양쪽 갈비뼈 박살.

그래도 싸리는 장화를 문 이빨을 놓지 않았다. 입으로 피가 쏟아져도 마찬가지였다. 그러나 어린 강아지에게는 한계가 있었다. 장화를 문 채 늘어지자 윤길순은 그걸 웅덩이에 던져 버렸다.

태연하게 식당으로 돌아온 길순은 장화를 벗어 쓰레기에 처박았다. 실종 소동이 있기 전, 쓰레기 수거차가 왔고 친절하게 직접 내다 버려줌으로써 증거를 없앴다. 식당에 여벌의 장화는 많았다. 그 장화의 관리자 또한 윤길순이었기에 한 켤레 사라진 건 그녀만 알 뿐이었다.

"미안합니다. 용서하세요!"

자백을 마친 그녀가 고개를 떨구었다. 여기까지는 그녀의 마음이었다.

살인미수!

명백했다.

단순한 은닉이 아니고 죽기를 원했다. 이미 중국에서 시작된 일, 게다가 나중에라도 꺼내줄 생각이 없었으니 계획적 살인이었다.

"나수미 씨!"

"네?"

"가서 백종택 씨 데려오세요. 녹화는 이걸로 끝내고."

"알겠습니다."

명을 받은 나수미가 조사실을 나갔다. 승우는 압수해 둔 손수건을 꺼내들었다. 바래고 바랜 손수건에서 영기가 배어나왔다.

승우는 그걸 윤길순에게 밀어주었다.

"이제 이순애 씨 차례입니다."

승우의 시선은 손수건 위에 있었다.

"할 말 있을 걸로 압니다. 나오세요."

"검사님!"

윤길순, 의아한 표정으로 승우를 바라보았다.

"이 사건의 진범은 이순애 아닙니까? 불러내세요."

"순애는 나만……."

"당신이 보고 느낀다면 다른 사람도 할 수 있을지 모르죠."

"……?"

"믿어보세요!"

승우는 담담하게 말했다.

잠시 주저하던 윤길순, 떨리는 손으로 손수건을 집었다. 그녀가 입술을 깨물자 손을 타고 피어나는 영기가 보였다.

'나온다!'

승우, 어느새 어깨 위에서 팔랑거리는 민민과 함께 이순애의 영기를 맞이했다.

"밍글라바!"

인사는 민민이 먼저 했다.

"……!"

윤길순의 몸을 빌린 이순애, 그녀는 침묵으로 인사를 대신했다.

"우리를 느낄 수 있겠죠?"

승우가 물었다. 이미 신력으로 탱탱한 승우, 태을신장의 위

엄으로 탱탱한 몸이었다.

[네…….]

목소리가 바뀌었다. 조금 더 가늘고 부드럽지만 잔뜩 고양된 성음. 더불어 표정도 방금 전의 윤길순과는 사뭇 달랐다.

"당신의 한은 딱한 일이지만 돌이킬 수 없는 일을 저질렀어요."

[…….]

"덕분에 윤길순 씨까지 처벌을 받게 되었습니다."

[언니는 죄가 없어요.]

"……."

[죄의 근원은 백종택이에요. 그놈을 처벌하면 모든 게 끝난다고요.]

"이순애 씨!"

[당신이 진짜 검사라면 백종택을 교도소에 보내주세요. 거기서 평생을 썩게 해주세요.]

이순애가 목청을 높였다.

"그렇게 한이 깊은 겁니까?"

승우가 물었다.

[네. 그 인간 눈에서 피눈물 나는 걸 보고 싶어요.]

"이 아이 보이세요?"

승우, 대답 대신 민민을 가리켰다.

[아이가 왜요?]

이순애의 목소리가 잦아들었다. 투명하고 푸른빛으로 출렁이는 민민. 그녀가 영기라면 민민에게 투영된 한과 슬픔을 오롯이 느낄 일이었다.

"당신 못지않은 사연을 가진 아이에요. 하지만 그렇다고 그 한을 다른 사람에게 퍼붓지는 않아요."

[하지만 나는 연길에 병 걸린 부모님이 있다고요. 내가 먹여 살려야 하는…….]

"이 아이의 어머니 역시 자기 생목숨을 버려 이 아이를 구했어요. 온전하게 살리지는 못하고 고작 여기까지만!"

고작 여기까지만!

이 여자, 그 의미를 알까?

"보세요, 당신… 어쩌면 볼 수 있을지도 모릅니다."

그 말과 함께 승우는 영력을 한층 증폭시켰다. 퉁퉁, 전방위로 파장을 튕기는 영력에 그날의 기억을 투영시켰다.

선과 악!

숭고함과 사리사욕!

뮤뮤와 이강순의 선악 대결이 환상을 이루며 휘몰아쳤다. 짧았지만, 굉장했다. 이순애에게는 그랬다.

[아아!]

그녀의 입에서 신음이 새어 나왔다. 가장 숭고한 가치와 가장 추악한 가치의 대결. 기꺼이 생목숨을 내놓은 일대 혈투는 이순애의 감정에 깊은 흔적을 남겼다.

"곧 백종택이 올 겁니다."

[……]

"당신의 한이 딱해 기회를 드리지요. 그러니 하고 싶은 말을 하세요."

[……]

"그러나 해코지는 안 됩니다."

승우의 옵션은 명쾌했다.

승우가 이렇게 하는 데는 이유가 있었다.

백종택의 욕심이 이 사건의 발단이었다.

그러나 그를 처벌할 근거가 없었다.

불법 취업 명목은 아들 백명재가 식당 업주이므로 무죄!

임금 착취와 채무 혐의 역시 문서가 없는 데다 이순애가 죽었으므로 혐의 입증 불가!

성 착취 역시 이순애의 사망으로 입증 불가!

법은 도덕의 최소한이다. 아무리 그가 이 엄청난 소동의 발원지라고 해도 현행법으로는 어쩔 도리가 없었다. 그렇기에 승우, 도덕의 심판 기회를 준 것이다.

"검사님, 백종택 씨 왔습니다."

잠시 후에 나수미가 들어섰다.

"수고했어요. 나가서 일 보세요."

나수미를 내보낸 승우가 의자를 당겨주었다.

"앉으세요."

잔뜩 상기된 백종택이 의자에 엉덩이를 걸쳤다.

"이분 아시죠?"

승우가 백종택에게 물었다.

백종택, 처음에는 분위기 파악을 하지 못했다. 앞에 앉은 여자가 윤길순이기 때문이었다. 하지만 그 생각은 이내 바뀌었다. 윤길순 입에서 이순애의 목소리가 나온 것이다.

[자기, 잘 있었어?]

낭랑함 속에 서린 한의 응결이 고스란히 투영된 이순애의 목소리.

"으헉!"

단 한마디에 백종택은 혼비백산 의자와 함께 나뒹굴고 말았다.

[아유, 왜 이렇게 약해졌어? 오랜만인데 모처럼 두 번은 해야지?]

이순애가 일어섰다.

"으으……."

[20대에는 여섯 번도 했다며? 요즘 약이 떨어졌나 봐. 자기가 좋아하는 자세로 대줄까?]

"으어어……."

[아들 모르게 한 재산 떼어준다며? 그건 언제 줄 거야?]

"워어어……."

백종택은 쓰러진 채 뒤로 기었다. 하지만 멀리 가지는 못했다. 어느새 벽이 막아선 것이다. 눈에서 불똥을 뚝뚝 흘리며 이순애가 천천히 다가섰다.

"으 으……."

백종택, 이제는 오줌까지 지릴 판이었다.

[이 나쁜 자식아, 이 개만도 못한 새끼야!]

한순간 이순애가 쓰러진 백종택을 타고 앉아 목을 누르기 시작했다. 그러자 민민의 친디가 우어엉 포효로 경고를 날렸다.

움찔!

어깨가 흔들린 이순애는 목조르기를 멈추었다. 그러더니 고개를 떨구며 흐느끼기 시작했다.

[나쁜 놈… 나는 그래도 우리 아버지처럼 좋은 사람 같아서 믿었는데……. 다 믿고 시키는 대로 했는데…….]

이순애의 눈에서 눈물이 떨어지기 시작했다.

[그랬는데… 너한테는 내가 노리개일 뿐이었단 말이지…….]

"순애……."

[오냐. 다 내 잘못이지. 서방 복 없어서 일찌감치 앞세운 년

이 이 먼 타지에서 무슨 부귀영화를 바라고……]

"순애……"

[다 부질없구나. 다 내 욕심이었어. 가난해도 내 고향에서 부모님 모시고 살 것을……. 한국이 좋다길래… 한국 사람이 좋다길래 믿었던 내 잘못이야……]

이순애가 일어섰다.

그녀는 마치 무당이 그러듯 덩실 어깨를 들어 올리더니 휘적휘적 춤사위를 그려댔다. 한이… 그 춤을 타고 부서져 내렸다.

춤을 멈춘 그녀, 승우 앞으로 다가와 마지막 발언을 마감했다.

[검사 양반, 다 끝났소. 이미 죽은 내가 무엇을 어쩌리오. 다 부질없는 짓이니 우리 언니나 선처를 부탁하오.]

여자의 손에서 손수건이 떨어졌다. 그러자 휘청 흔들림과 함께 윤길순의 정신이 돌아왔다. 승우는 그녀를 부축해 의자에 앉혔다.

"으으으……"

백종택은 그때까지도 넋이 반은 나가 있었다.

"백종택 씨."

승우가 그를 바라보았다.

"당신에게 한을 품은 이순애가 저분에게 빙의가 되어 한국에 왔던 겁니다. 당신에게 할 말이 있는 것 같아 들려준 것뿐이니 그리 아세요."

"으……."

"빙의는 알겠죠? 백종택 씨 또한 항마진언을 외우고 다니시니……."

"예……."

백종택이 고개를 끄덕였다.

"할 말 있습니까?"

"정말……."

백종택은 다닥다닥 턱을 떨며 뒷말을 이었다.

"정말 그 여자가 빙의를?"

"나는 모릅니다. 당신은 느끼는 것 같던데……."

승우는 시치미를 잡아뗐다.

"순애… 맞습니다. 그 목소리……."

백종택의 시선은 윤길순에게 꽂혀 움직이지 않았다.

"당신에 대한 조사는 끝났습니다. 당신에 대한 심판은 법보다 도덕이 할 일 같으니 돌아가셔도 좋습니다."

"도덕……."

"나 수사관!"

승우가 복도를 향해 소리쳤다.

"잠, 잠깐만요."

백종택이 승우를 바라보았다.

"말씀하세요."

"저기… 윤 씨 아줌마……."

백종택의 시선이 다시 윤길순에게 향했다.

"왜요?"

"정말……. 이순애의 사촌언니인가?"

"네!"

"순애가 그렇게 나를 원망하며 죽었나?"

"처음에는 아니었죠."

"……."

"어쩌면 아들 내외 눈치 보느라 그랬을 지도 모른다고… 전화가 올지도 모른다고 화장실에 갈 때도 전화를 끼고 다녔으니까."

윤길순의 눈에서 한이 뭉친 눈물 한 방울이 굵직하게 낙하를 했다.

"맙소사!"

"……."

"그 노모가 정말 그렇게 어렵게 살고 있나?"

"그중 한 분은 치매라서… 아직도 순애를 기다리고 있지요!"

"검사님!"

백종택의 시선이 승우에게 돌아왔다.

"제가 잘못했습니다. 수갑을 채워주세요. 벌을 받겠습니다."

"……."

"사실은 우리 백부께서 결핵을 앓았습니다. 당시에는 그게 3대를 풍비박살 내는 병이라더니 우리 부모님에게 옮아 다 돌아가시고 말았지요. 그 충격이 너무 크던 차에 순애가 하필 그 병이라기에 겁이 났습니다. 그런 차에 손주가 폐렴에 걸리니 정신 줄이 나가고 말았지요. 그래서 순애를 그토록 모질게……."

"……."

"순애의 돈은 이제라도 돌려드리겠습니다. 그 애와 약속한 보상도 하겠습니다. 그러니 저를 벌주시고 저기 윤 씨 아줌마는 풀어주세요. 검사님!"

"……."

"이렇게 부탁드립니다. 모든 게 다 이 늙은이의 추악한 욕심에서 비롯된 일… 늙은이가 정리할 수 있도록 선처를 바랍니다."

"백종택 씨!"

"예, 검사님……."

"당신은 이미 전과가 있습니다. 전에 이순애 씨를 탐할 때도 그런 침발림으로 옷을 벗기셨겠지요. 그러니 행동하지 않는 다짐은 또 한 번 이순애를 욕보일 뿐입니다."

"아닙니다. 이번만은… 믿어주세요. 그러니 모든 죄를 이 늙은이에게 내리고……. 우욱!"

백종택, 가슴을 쥐어뜯으며 오열하기 시작했다.

치명적인 전과가 있긴 하지만…….

이번에는 진심 같았다.

백종택은 그렇게 나갔다.

윤길순은 영장이 청구되었다. 사안이 딱했지만 그냥 넘길 수는 없는 일이었다. 다만, 조서는 최소한의 범죄만 적용시키는 선에서 운영의 묘를 살려주었다. 그나마 백지훈이 죽지 않았으니 가능한 일이었다. 베트남에서 300만 원을 인출한 보이스 피싱 조직은 그쪽 경찰과 공조해 지명수배를 내렸다.

그리고 백종택은 약속을 지켰다.

그는 이순애의 노모에게 돈을 보내주는 것은 물론, 이순애에게 주기로 약속했던 1억도 송금 준비를 마쳤다. 아울러 윤길순에게도 능력 있는 변호사를 붙여주었다.

그는 그 소식을 가지고 승우 방을 찾아들었다.

"이런다고 순애의 한이 다 풀리지는 않겠지만……."

백종택, 그 짧은 시간에 많이도 변했다. 그의 얼굴에는 돈에 대한 집착과 욕망이 엿보이지 않았다. 선량한 할아버지, 딱 그 얼굴이었다. 재산의 상당 부분을 자식 부부에게 넘겨주고 동네에 생활이 곤란한 많은 사람들에게도 빚을 탕감해 준 모양이었다.

“마음을 비우고 돌아보니, 내가 여지껏 다 그 사람들 덕분에 먹고 살았지 뭡니까?”

180도 회전!

어쩌면 승우 자신의 모습을 보는 것만 같았다.

주지육림과 여자와의 끈적한 욕망 속에서 허우적거리던 승우, 그때는 자신이 엄청난 혜택을 베푸는 인간인 줄만 알았었다. 백종택도 그랬다. 그 자신이 온 동네를 다 먹여 살리는 줄 알았지만, 다른 각도에서 보니 반대의 결과를 본 것이다.

내가 그들을 먹여 살렸다.

그들이 나를 먹여 살렸다.

단지 단어의 재배치에 불과하지만 완전하게 다른 결과. 그걸 받아들이니 사람이 변한 것이다.

“그래서 말인데…….”

백종택, 조심스럽게 뒷말을 이었다.

“그때 그 피 묻은 손수건… 저를 주시면 안 되겠습니까?”

“손수건을요?”

“제 입으로 이런 말하기는 염치도 없지만… 그래도 제가 순애의 마지막 남자 아닙니까? 그 여자가 그래도 마음도 착했고, 저도 인간된 도리라 그거라도 좋은 곳에 인도하고 싶어서……."

그가 의미하는 건 절이었다. 자신이 다니는 암자가 있으니 그곳 불당에 두고 천도를 빌고 싶다는 것.

승우는 가만히 서랍을 열었다. 그 안에 손수건 봉지가 있었다. 영기는 얌전했다. 핏빛도 보이지 않았다. 이제는 백종택을 용서한 걸까? 승우는 손수건을 내주었다.

인과응보(因果應報)에 결자해지(結者解之)라고 했던가?

서로 맺히고 쌓인 건 서로 간에 풀 일이었다.

그날 이른 오후, 백지훈에게 전화가 걸려왔다.

—검사님!

지훈의 목소리는 밝았다.

"어, 다 나았니?"

승우도 가뜬하게 응대를 했다.

—저 이제 퇴원해도 된대요.

"그래. 다행이구나."

—그래서 검사님께 인사드리려고요. 구해주셔서 고맙습니다.

"아니, 네가 잘 버텨줘서 정말 고맙다."

승우의 진심이었다.

—검사님, 부탁이 있어요.

"뭔데?"

—우리 싸리요… 검사님한테 부탁하면 찾을 수 있을지도 모른다고 해서요.

"싸리?"

—네, 제가 묻어주려고요. 부모님들도, 할아버지도 허락했어요.

싸리!

지훈이를 구한 충견…….

그러고 보니 그 강아지를 잊고 있었다.

"차 수사관!"

승우, 송화기 구멍을 막고 차도형을 불렀다.

"예!"

"백지훈 실종 사건 부검한 강아지 있잖아? 그거 지금 어디 있는 지 좀 알아봐."

"예!"

차도형이 움직였다. 그는 짧은 통화 끝에 싸리의 소재를 알아냈다.

"부검 끝나고 동물 안치소에 있나 봅니다. 그렇잖아도 소유자에게 연락하고 처리할 생각이었다던데요?"

"내가 인수하러 간다고 전해줘."

"예!"

승우는 다시 백지훈과 통화를 이었다.

"싸리는 내가 집에다 데려다줄게."

—검사님이요?

"그럼. 싸리가 나를 지훈이에게 데려다줬거든. 그러니 이번에는 내가 너한테 데려다줘야지."

—고맙습니다!

지훈이의 고마움은 통신음을 통해서도 고스란히 느껴졌다.

"검사님!"

승우의 차가 백종택의 집 앞에 멈추자 지훈이가 달려 나왔다. 승우는 나수미와 함께 차에서 내렸다. 그런 다음 작은 상자에 담긴 싸리를 지훈이 품에 안겨주었다.

"싸리야……."

지훈이의 목소리가 금세 잠겨들었다. 울음을 참지만 눈물은 이미 아래 눈꺼풀 턱을 타고 넘었다.

왈왈왈!

지훈의 발밑에서 싸리의 영기가 짖었다. 지훈이는 가만히 무릎을 숙여 그 영기를 안아 올렸다. 다들 의아한 눈초리지만 승우는 알고 있었다.

지훈이… 싸리의 영혼만을 볼 수 있는 모양이었다. 지훈이는 영기를 싸리의 상자 위에 놓았다.

왈왈!

영기는 지훈에게 인사를 남기고 상자 안으로 사라졌다. 제 몸을 찾아간 것이다.

"검사님도 갈래요? 우리 싸리 묻어줄 건데……."

지훈이 승우를 바라보았다.

"얘, 검사님은 바쁘셔."

지훈 엄마가 말했다. 하지만 승우의 대답은 그것과 달랐다.

"괜찮습니다. 같이 가죠, 뭐."

"고맙습니다."

지훈은 꾸벅 인사를 하고는 마당으로 내달렸다. 그리고 뭔가를 상자 위에 올려 들고 나왔다.

〈내 친구 싸리 묘.〉

삐뚤빼뚤 크레파스로 글자를 쓴 나무 십자가가 보였다. 지난번에 본 것처럼 엉성한 십자. 지훈이는 저걸 어디서 봤을까? 무덤에 십자를 세우는 것…….

그걸 본 나수미, 킹 소리를 내며 고개를 돌렸다. 붉어진 눈시울을 감추는 것이다.

"나수미 씨는 차에 가 있어."

나수미의 부담을 덜어준 승우, 앞서 가는 지훈의 뒤를 따랐다.

맨 앞에는 지훈이가 엄마와 함께 걷고 있다. 그 뒤는 승우와 백종택, 그리고 백명재였다. 도중에 만난 동네 사람들이 백종택에게 꾸벅 묵례를 해왔다. 냉랭하던 저번과는 사뭇 다른 풍경이었다.

광에서 인심난다더니.

그 말이 딱이었다.

혹독한 수전노에서 동네 사람들과 동반자 관계로 내려오니 시선이 달라진 것이다.

그러다…….

승우는 충격적인 말을 듣게 되었다.

"마음보를 잘 써서 그런 건지 우리 665번지 집도 계약되었습니다."

백종택의 말이 시작이었다.

"665번지요?"

"그 폐가 말입니다. 거기 주소가 665번지거든요."

665?

승우는 고개를 갸웃거렸다. 어디선가 보았던 숫자 같았다. 그러다 지훈이가 든 싸리 상자를 바라본 승우. 머리에 강력한 벼락이 떨어지면서 발걸음이 붙어 버렸다.

665… 아아!

전율이 일었다.

그 숫자는 국과수에서 보낸 싸리의 몸무게였다. 몇 달 자란 삽살 강아지로 도저히 나올 수 없는 몸무게 665g.

'이제 보니……'

싸리… 처음부터 제 몸으로 주인이 갇힌 곳을 알려주고 있었다. 그걸 승우가 알아먹지 못한 것이다.

맥이 탁 풀렸다. 동시에 콧등이 시큰해졌다. 어쩌면 우연의 일치일 수도 있는 일. 하지만 승우의 마음은 이미 믿고 있었다.

충성스러운 강아지의 보은… 제 주인을 위한 충성심이 만들어낸 슬픈 기적이었음을…….

승우의 말을 들은 백종택 역시 고개를 떨구었다.

"이제 보니 검사님 말대로 그 녀석… 우리 지훈이를 구하러 온 것 같군요. 윤길순이 온 그다음 날 우리 집에 나타났으니……. 난 그것도 모르고……"

백종택의 눈에도 샘물이 출렁거렸다.

그다음 날…….

이건 신의 예고된 계시가 분명했다. 그 계시를 지훈이가 받아들인 것이다. 착한 마음으로.

'싸리……'

대단하구나. 정말…….

승우는 몇 번이고 그 말을 되뇌었다.

앞서가던 지훈의 발이 웅덩이 앞에서 멈췄다. 신기하게도 싸리가 밟혀죽어 목숨을 놓은 그 자리였다. 지훈은 누가 시키기라도 한 듯 거기 꿇어앉아 두 손을 모았다. 바라보는 것만으로도 숭고한 장면이었다.

“어디다 묻어줄까? 햇살 잘 드는 곳이 좋을 텐데?”

지훈 엄마가 언덕을 바라보았다.

“자리는 내가 알아요.”

지훈이는 거침없이 나아갔다.

“지훈아, 거기보다는…….”

잡풀이 우거지자 지훈 엄마가 우려를 표했다. 그래도 지훈이는 멈추지 않았다. 승우, 그제야 알 것 같았다. 지훈이 어디로 가는지.

“이쪽이지?”

방향을 가늠한 승우가 앞에서 수풀을 헤쳐 주었다.

“와아, 역시 검사님은 다르세요.”

“저쪽 맞지?”

“네!”

지훈이 대답하자 승우는 그 머리를 쓰다듬어 주었다.

지훈이 멈춘 곳은 그곳이었다. 서툰 솜씨로 만든 얕은 봉분. 그래서 개뼈가 희끗희끗 드러난 곳. 바로 싸리가 태어나고 그 어미가 잠든 곳이었다.

"세상에나!"

순간, 그곳을 본 세 명이 동시에 비명 비슷한 소리를 냈다.

"왜 그러시죠?"

승우가 물었다.,

"여기… 여기는……."

백종택의 목소리가 한없이 떨렸다.

"제 할아버지 산소가 있던 곳입니다. 지훈이 낳고 나서 납골로 모시게 되어 이장을 했는데……."

설명은 백명재가 했다.

"아이고… 이제 보니 아버님이 보내주신 강아지였구나. 내 잘못을 깨닫게 하고 우리 8대 독자 지훈이 살려주시려고……."

백종택은 그 자리에 주저앉았다.

그러니까 싸리가 태어난 곳은 원래 지훈이 증조부의 묘에서 지척인 자리. 백종택이 그렇게 생각하는 것도 일리는 있었다.

〈싸리 엄마 묘〉

세 사람의 눈은 이제, 봉분에 꽂힌 나무 십자가에 모였다.

"지훈이 글씨에요."

지훈 엄마의 목소리는 떨고 있었다.

"이거 지훈이, 네가?"

백종택이 지훈을 바라보았다.

"네, 싸리가 여기로 오길래 따라와 봤더니 엄마가 죽어 있었어요. 그래서 내가 묻었어요."

"어이쿠, 이 녀석……."

백종택은 목으로 올라온 뜨거움을 삼키며 지훈을 안아 들었다.

"우리 지훈이… 착한 일 해서 복 받았구나. 병든 싸리를 돌봐주고 그 엄마까지 잘 묻어주었으니……."

지훈 엄마의 목소리는 자꾸 미어갔다.

"허어!"

백종택은 연실 탄식만 터뜨렸다.

나보다 낫구나.

백배는 낫구나.

승우의 귀에는 그렇게 들렸다.

땅은 백종택이 팠다. 넉넉하게 팠다. 백골이 된 싸리 어미를 그리로 옮겼다. 그 곁에 싸리도 내려놓았다. 고이 흙을 덮는 일은 지훈에게 넘겼다. 지훈이는 땀을 송송 흘리면서도 쉬지 않았다. 다 덮은 후에는 그 위에서 통통 뛰어 흙을 다졌다.

마지막으로!

싸리를 위한 십자가를 꽂았다. 두 개의 십자가가 나란히 서니 보기 좋았다.

〈싸리 엄마 묘〉

〈내 친구 싸리 묘〉

왈왈왈!

승우는 보았다. 작은 봉분 위로 올라와 행복하게 짖고 있는 두 마리 개의 영기. 그들은 지훈의 곁을 맴돌다가 함께 하늘로 올라갔다.

싸리…….

실로 충견이었다.

살아서는 주인을 위해 어린 몸을 바치고, 죽어서도 영기가 되어 주인을 찾아낸 충견.

지훈이는…….

그 충견의 주인이 될 자격이 있었다. 승우는 그렇게 생각했다. 지훈이의 머리를 쓰다듬어 주고 내려오는 흙길이 참 좋았다.

'이 동네에도 이제 평화가 깃들기를…….'

승우는 가뜬한 마음으로 차에 올랐다.

7장

화각 명인

오소영. 스물다섯 그녀의 볼에 흐르는 눈물은 화상을 입을 정도로 뜨거웠다. 굵은 용암처럼 소리는 나지 않았다. 그녀가 걸어가는 길은 자정의 공동묘지처럼 고요했다.

자잘한 치장 없이 여의도와 시원하게 연결된 마포대교…….

차량은 넘치지만 소리 따위는 들리지 않았다. 그녀는 걸었다. 지향도 목적도 없었다. 발은 바닥없는 검은 샘에 절반쯤 잠긴 것 같았다.

그러다 그녀의 걸음이 딱 멈췄다. 대교의 중간 부분이었다.

철제 난간의 여기저기 붙어 있는 문구도 눈에 들어오지 않았다. 다리 아래로 몰려가는 바람이, 강풍에 뒤틀려 몸을 떠는 종이 소리를 냈다.

휘이이잉!

천천히 뒤돌아보았다. 아무도 보이지 않았다.

아니, 그녀의 착각이었다. 저만치에서 데이트하는 남녀가 걸어오고 있었다. 보이지 않은 건, 아무것도 보고 싶지 않은 그녀의 의지일지도 몰랐다.

그녀의 발에 묻어오던 희망이 조금씩 가늘어지는 게 보였다. 그 희망은 이제 여기, 이 자리에서 딱 잘려 버렸다. 그리고 몸에 휘돌던 희미한 전율마저 자취를 감췄다.

이 세상의 온간 인연과 칭칭 휘감긴 줄이 사라락 풀어진 느낌이었다.

강 공기가 오소영을 불렀다. 음이온을 가득 담은 공기. 양이 아니라 음으로 이루어진 그 공기에는 미묘한 무언가가 있었다.

마음의 부담을 다 가져가 주는 공기… 태어나 그런 느낌은 처음이었다.

어쩌면 한가로운 오후 3시 13분.

대한민국 서울, 그리고 한강…….

빵빵!

그 다리 위에서 불협화음을 이루는 자동차의 클랙슨 소리…….

그러나 여전히 들리지 않았다.

"이봐요!"

남녀의 외침도 들어오지 않았다.

오소영은 느꼈다. 마침내 두 발이 가뜬하게 공중에 떠오른 걸.

날 수 있다는 생각이 머리를 채우기 시작했다.

미안해! 미안해!

붉은 줄이 물결치는 듯한 화각반지를 쓰다듬은 그녀의 입이 꼭 두 번 옴짝거렸다.

화각반지.

그 순간 우웅 살아 있는 듯 물결이 흔들렸다. 하지만 알 리 없는 그녀는 바로 새처럼 난간을 넘어갔다.

생각보다 다리와 수면 사이는 높았다.

그녀의 안에 들은 삶의 데이터들이 영화를 되감듯 폭포수를 이루며 함께 곤두박질쳤다.

호창 씨!

마지막 단어가 혀끝에 맴돌았지만 입 밖으로 내지 못했다. 수면이 가득히 시야에 들어오는 순간, 뭔가에 덜컥 걸리는 느낌과 함께 그녀는…….

첨벙!

물보라와 함께 사라졌다.

"으아악, 사람이 빠졌어요!"

"누구 없어요? 사람이 뛰어내렸어요!"

데이트하던 남녀 대학생의 다급한 외침이 수면까지 따라왔다. 그뿐이었다. 이제 그녀는 물속에 있었고 그들은 물 밖 높은 곳에 있었다. 완전하게 유리된 두 개의 다른 세상은 더욱 완전하게 멀어졌다.

띠뽀띠뽀!

구급차가 도착하고, 한강수상구조대가 달려왔다. 덕분에 대교는 차량의 아수라장을 이루고 말았다.

"아, 씨발, 왜 또 막히고 지랄이야!"

뒤쪽 차량에서 운전사의 상스러운 욕설이 튀어나왔다. 앞에서 벌어진 일 따위에는 관심 없었다. 다만 길이 막혔음이 짜증날 뿐이었다.

삶과 죽음, 두 가지 화제는 언제나 그렇듯 무심하게 엇갈려 갔다.

마포대교 위에서…….

* * *

엇갈림은 검찰청에서도 일어나고 있었다.

승우는 소환된 경찰관을 그냥 보내주었다. 불려온 이유는 진정 때문이었다. 결혼식을 앞둔 이 신임 경찰관, 불심검문을 하다가 검거한 기소중지자를 그냥 풀어주었던 것. 돈을 먹었나 했지만 그건 아니었다. 상대가 결혼식을 앞두고 있다며 간곡히 사정하자 직무를 망각해 버린 것이다.

경찰도 인간인 것이다.

승우는 잠시 고민했다.

현직 경찰이 지명수배자를 놓아주는 건 구속감이었다. 그러나 중범죄자가 아닌 데다 둘 다 결혼을 앞둔 사람들…….

"결혼식 끝나면 다시 검거하세요!"

기약 없는 숙제를 주고 보내주었다. 사실상의 면피인 셈이었다.

"으아, 우리 검사님 멋쟁이!"

과정을 지켜본 차도형이 엄지를 치켜세웠다.

"헛소리 말고 사건이나 제대로 검토해."

승우는 괜한 으름장으로 체면을 세웠다.

"그나저나 아까 보니까 현관이 시끌벅적하던데 무슨 일이야?"

안쪽의 유 계장이 질문을 던졌다.

"아, 그거요? 글로벌이라고 요즘 뜨는 부동산 개발회사 사장이 며칠 전에 경쟁사 직원에게 칼빵을 먹고 죽었는데 그 범인을 압송해 온 모양입니다."

대답은 권오길 입에서 나왔다.

"아, 범인이 자수했다고 했지?"

"예. 김혁 검사님, 눈코 뜰 새 없을걸요."

"김 검이 담당 검사야?"

듣고 있던 승우가 물었다.

"예. 그쪽으로 배정이 되었답니다."

"그래?"

"생각보다 일은 빨리 마무리가 될 모양이던데요? 워낙 범인이 자수를 해오는 통에……."

"글로벌이면 겉은 부동산 개발이고 속은 경매로 남의 건물 꿍 먹는 기업일 텐데?"

승우도 아는 기업이다. 기업 행태가 정상적이지 않아 탄원이 들어온 적이 있기 때문이다.

"맞습니다. 사업 방식이 아무래도 조폭형 기업 행태라 주목하던 기업인데, 경쟁사인 노바디와 건물 인수를 놓고 충돌이 생긴 모양입니다."

권오길의 손이 허공을 푹 찔렀다.

노바디 부동산의 장덕칠…….

승우도 아는 이름이었다. 오가며 본 적도 있었다. 승우의 한 빠라끌리또가 유망한 친구라고 인사를 시켰던 것이다. 어쩌면 그 인연을 내세워 로비가 들어올 수도 있었다.

"노바디 사장이 무대뽀는 아닐 텐데?"

승우의 기억에, 그는 조폭 냄새를 풍기지는 않았다. 하지만 기업 경매나 건물 경매전문 회사들은 평범한 직원만으로 이루어지지 않는다. 장덕칠 역시 휘하에 조폭 출신 직원을 데리고 있었다.

이런 경우에 로비가 온다면 딱 한 가지다.

'우리 애 하나 딸려갔는데 잘 좀 부탁합니다.'

살인을 상해치상이나 단순폭행치사로 다뤄달라는 청탁이다. 살인죄와 이들 죄목은 레벨이 달랐다.

단순폭행으로 사람이 죽은 경우!

상해만 입히려 했는데 사람이 죽은 경우!

처음부터 작심하고 죽인 경우!

이들 세 가지는 최고 형량 측면에서도 그렇지만 범인의 가족들 삶과 명예에도 막대한 영향을 미치기 때문이었다.

이 셋을 구분하는 데는 가해자의 의도가 중요했다. 그런데 가해자의 의도는 포장될 수 있었다.

순진해서 포장되지 않으면 변호사들이 포장을 도왔다. 사람이 죽으면 변호사가 붙는 게 일반적이기 때문이었다. 그래서 중요한 게 검사의 의지였다. 검사의 시각에 따라 법 적용이 달라질 수도 있는 것이다.

승우는 본관으로 들어섰다. 몇몇 아는 얼굴과 인사를 나누고 3층으로 올라갔다. 오랜만에 김혁을 볼 생각이었다.

"어, 송 검!"

다행히 복도에서 그를 만나게 되었다.

"바쁘다며?"

승우가 웃었다.

"내가 뭘… 전국구 송 검이 더 바쁘지. 이젠 아예 지방까지 원정 다닌다며?"

"벌써 소문났어?"

"아무튼 대단해. 대기만성의 표본……."

김혁의 손이 올라와 승우의 팔뚝을 두어 번 쳐 주었다.

"부동산 개발사들이 사고 제대로 쳤다고?"

"그렇지."

"문어발식으로 건물 삼켜대더니 기어이 파이 싸움이 붙었군."

"피해자 알아?"

"가해자 쪽 사장을 본 적 있어. 그 친구 사람을 뭉개도 머리로 뭉개는 스타일이라고 들었는데……."

"그러게. 물정 모르는 똘마니 하나가 영웅심에 불탄 모양이야. 보석가공 배우다 왔다던데 나이도 새파랗더라고."

"보석가공?"

"뭐 화각 공예라고……. 좀 했던 모양인데 자세한 얘기는 거부하네?"

"그쪽 분야는 중간 간부들이 좀 거칠던데 기획 오더 아닐까?"

"그럴 거 같아서 조져 봤는데 사장과 실장 등은 알리바이가 있어. 어린 치기에 영웅심이 발동해 담군 듯해. 집 압수수색하니 반질반질한 사시미칼이 두 개나 있더라고."

"미친놈들, 아직도 그런 충성이 무슨 우아한 애국쯤으로 생각하고 있으니……."

"범인이 좀 안됐기도 해. 부모가 40대에 만혼을 한 까닭에 20대 중반 아들에 60도 훨씬 넘은 노모가 있던데 중병에다 살림까지 궁색하더군. 그런 차에 아들도 평생 교도소에서 썩게 되었으니……."

"중병?"

"뭐 희귀암이라던데… 전문 장비를 써야 해서 수술비가 엄청나게 드나 봐. 의료보험도 안 되는 장비라지?"

"그놈, 자포자기로 에라 모르겠다 자충수 둔 모양이네?"

"아무튼 응원 온 거지? 고마워."

"범인 사장은 검찰에 연줄이 좀 있어. 여기저기 탄원 앞세워 로비 들어올지도 모르니 감안하고 있으라고."

"하핫, 뭐가 걱정이야. 그 방면 일인자는 송 검사 아니야? 혹시 압력 들어오면 방어막 좀 부탁해."

"내가 그랬나?"

"가봐. 난 마무리할 게 있어서."

"오케이, 나중에 술이나 한잔하자고."

승우는 인사를 남기고 돌아섰다.

다시 현관으로 내려왔을 때였다. 한때 술잔을 함께 기울였던 기자 하나가 승우를 알아보았다.

"송 검사님!"

"어, 유 차장님!"

"별관 검사님이 본관에는 웬일로?"

"별관 검사는 별종이랍니까? 능력 없어서 쫓겨 간 것뿐이지……."

"쳇, 작년 같으면 그 말 믿지요. 하지만 이제 그 말 믿을 사람 아무도 없습니다."

"그런데 왜 혼자? 어느 검사실에 재미난 사건이라도 터졌습니까?"

"재미난 사건이라……. 아, 하긴 송 검사님은 이제 무속전문에 심령전문이시지."

"사람 놀립니까?"

“아니라고는 못 할 걸요? 요즘 깔끔하게 해치운 사건들이 다 그쪽에 한 발씩 걸친 것들이잖습니까?”

“농담은 다음에 하고… 수고하세요.”

“잠깐, 잠깐만요!”

돌아서는 승우의 발을 기자가 불러 세웠다.

“기왕 말 나온 김에 재미난 거 있으면 하나 던져 주고 가요. 조금 전에 김혁 검사에게서 하나 나왔는데 임팩트가 좀 약해서…….”

“김혁 검사 쪽이요?”

“범인 있잖습니까? 그 친구 애인이 마포대교 위에서 투신자살을 시도했답니다. 다행히 경찰이 긴급 출동해서 목숨은 살려 놓았는데 의식이 안 돌아온다네요.”

“…….”

“이게 기사가 될 것 같기도 하고 아닌 것 같기도 하고……. 남자는 사회 생명 쫑나고, 그 애인은 의식이 쫑났다. 뭔가 핀트가 좀 안 맞으니 좀 약하죠?”

“범인의 여자가 투신을 했다고요?”

“몰랐습니까?”

“우리 방도 워낙 바빠서…….”

“아무튼 안됐기도 하고… 어찌 보면 천생연분 운명 같기도 하고…….”

"범인 그놈도 그 소식 압니까?"

"김 검사 말로는 얘기 안 했다고 하던데요? 그래도 언젠가는 알게 되겠죠."

"……."

"아, 뭐 좀 참신한 건수 없냐고요?"

"전혀!"

기자의 재촉에 승우는 어깨를 으쓱해 보였다.

"아, 젠장, 검찰청 뉴스 메이커가 없다면 없는 거지. 오늘은 뭘로 기사를 때운다?"

기자는 아쉬운 표정으로 현관을 나갔다.

* * *

"관할서로 이첩할 사건들입니다. 검토하시고 결재해 주시죠."

방으로 돌아오자 유 계장이 서류를 건네주었다.

많았다.

한 사건을 해치우면 백 건이 쌓였다. 짐작은 했었지만 자칫하면 일에 치여 죽을 판이었다.

"이 친구가 혼자 한가하네? 지금 SNS 보면서 시간 보낼 때야?"

권오길 뒤로 지나가던 유 계장, 그 어깨 너머에서 핀잔을 작렬시켰다.

"그게 아니라 트위터에 재미난 게 올라와서요."

"트위터는 SNS가 아니야?"

"그게… 우리 검사님이 출동하면 딱인 리트윗들이 벌 떼처럼……."

"송 검사님?"

유 계장의 되묻는 소리에 승우도 덩달아 고개를 들었다.

"오전에 마포대교 투신자살한 여자요. 그 목격자가 올린 트윗인데……."

권오길이 주섬주섬 핸드폰을 내밀었다.

—나 아직 신기 안 죽었나 봐. 아까 투신한 여자 영령이 교각에 빨래처럼 걸려 있는 게 보임. 옴마야, 심쿵 진심 무서버라!

"권오길!"

트윗을 본 유 계장이 소리를 높였다. 참고로 그는 SNS와 만리장성을 쌓은 사람. 나아가 그런 짓거리들은 하잘 것 없는 인생 낭비라는 쪽에 줄은 선 사람이었다.

"그 여자가 고등학생 때 신내림 받으려다 부모님 반대로 그만둔 애라고……."

"일이나 하셔, 응!"

유 계장은 핸드폰을 던져주고 복도로 나갔다.

"뭔데 그래?"

그 뒤로 슬쩍 승우가 다가왔다. 신기니 신내림이니 하는 단어가 귀를 자극했지만 유 계장의 체면을 위해 침묵했던 것이다.

"이거……."

권오길은 기가 죽은 채 트윗을 보여주었다.

"이 여자가 그 여자야?"

승우가 물었다.

"어떤 여자요?"

"마지웅 살인범 김호창 애인!"

"예? 그게 또 그렇게 되는 겁니까?"

이번에는 오히려 권오길이 화들짝 놀라는 표정을 지었다.

"어, 여기 트윗이 또 올라왔는데요?"

권오길이 따끈한 트윗을 열어놓았다.

―다들 나보고 뻥이라는데 나 완전 신기 있음. 뭐 과학 발밑에 미신? 과학만 진리인 줄 아니? 이 병맛들…….

여학생…….

마음에 들었다.

그녀는 이런저런 비난과 테러에 조금도 굴하지 않았다. 승우는 그 신념에 박수를 보냈다. 승우도 알고 있다. 과학만이 절대선은 아니라는 것.

"으아, 이거 또 우리 검사님에게 탄원이나 진정서 들어오는 건 아닌가 모르겠네."

권오길은 너스레를 떨며 리트윗들을 뒤지기 시작했다.

우연이었다.

정말 그랬다.

점심 식사 전까지만 해도 승우는 그 일을 잊고 있었다. 기자의 말도, 권오길이 보여준 트윗도…….

그런데 그걸 상기시키는 손님들의 논쟁이 결국 승우의 호기심에 불을 붙이고 말았다.

점심시간에 유 계장, 석 반장과 들린 중국 음식점. 그 안에 있던 손님 둘이 논쟁이 붙은 것이다.

귀신은 미신.

그건 엄연히 존재해.

젊은 두 손님은 테이블을 엎기 직전까지 감정의 파도를 몰아쳤다.

승우, 결국 마포대교를 향해 시동을 걸고 말았다.

대교가 가까운 주차장에서 내렸다. 다리 위는 시원했다. 한강대교 중에서도 투신 장소 1위로 등극한 마포대교. 이 시원한 다리 위에서 사람들은 왜 삶을 마감하려는 걸까?

가슴을 파고드는 음이온, 그리하여 혈관 속의 도너츠 적혈구를 하나하나 싱싱하게 만드는 강물의 힘……. 승우는 그 바람을 받으며 걸었다.

시간은 오후 2시 33분.

중앙 부분에 표식이 있었다. 오소영이 뛰어내린 그 자리……. 승우도 거기 서서 강을 내려다보았다. 푸른 강물은 윤슬을 반짝이며 화답을 했다. 그러자,

빠앙!

지나가던 택시가 멈추더니 경적을 울려댔다.

"이보쇼? 설마 뛰어내릴 건 아니죠?"

늙은 기사가 물었다.

"바람 좀 쐬느라고요."

승우가 웃어 보였다.

"혹시라도 뛰어내릴 거면 그 마음으로 사쇼. 나 같은 늙은이도 씩씩하게 살고 있지 않수?"

기사는 그 말을 남기고 멀어졌다. 비록 승우가 죽을 건 아니었지만 고마웠다.

후읍!

영력을 조금 올렸다. 영기들이 반응하기 시작했다. 곳곳이었다.

'이렇게 많은 사람들이 뛰어내렸단 말인가?'

마음이 아파왔다.

후읍!

조금 더 영력을 올렸다. 그저 영기로 남은 저편의 것들이 물결 위에서 아른거렸다. 한가로이 떠도는 영령도 보이고, 다리 위의 세상을 동경하는 영령도 보였다.

'없잖아?'

시야에 새로운 영기는 없었다. 오래되고 오래된 영기들뿐…….

'여대생의 치기였나?'

고개를 갸웃거리던 승우, 그 시선이 수직으로 수면에 닿았을 때였다.

'아!'

짧은 탄식이 터져 나왔다. 교각과 수직을 이루며 내려다본 수면. 교각을 다리로 치면 복숭아뼈 부근……. 투신한 여자의 넋은 거기 걸려 허우적거리고 있었다.

그걸 붙잡고 있는 건 잡귀의 손길들. 서로 자기 것으로 차지하려는 손짓이 팽팽한 균형을 이루어 누구의 차지도 되지 않고 있었다.

"민민!"

승우는 서둘러 민민을 불러냈다.

"도우려고요?"

상황을 본 민민이 물었다.

"친디를 시켜서 물어와."

"안 돼요. 저건 아직 죽은 영령이 아니에요."

"……?"

"친디가 삼키면 영영 죽는다고요."

그럼?

"저걸 살리려면 저 넋의 몸을 가져와야 해요."

넋의 몸!

흔히들 넋이 빠졌다는 말을 하곤 한다. 넋은 드물게 유체 이탈을 한다. 어릴 때 들었던 엄마의 말이 쾌속으로 스쳐 갔다.

24시간. 그 시간이 지나면 자기 몸일지라도 돌아갈 수 없다.

강조라도 하듯 민민의 말이 다급하게 이어졌다.

"시간이 별로 없는 것 같아요, 넋이 다 헤어져 가고 있어요!"

승우의 머리가 하얗게 세어갔다. 숨 가쁘게 검색을 했다.

오소영 마포대교 투신!

어제 오후 3시 13분경이었다.

'지금은 2시 35분…….'

남은 시간은 약 40분이었다.

* * *

병원의 반대편, 게다가 주차장까지의 거리도 만만치 않았다. 별수 없이 비상수단을 썼다.

무단횡단!

어쩌면 마포대교 이후로 처음이었는지도 모른다. 승우는 위험에 쫓기는 필사의 도망자처럼 차량 사이를 빠져 건너편에 닿았다.

빵빵빵!

차량들이 법석을 떨었다. 경적으로 하는 경고였다.

"헤이, 택시, 택시!"

승우는 두 팔을 흔들어 택시를 세웠다.

끼아악!

택시 한 대가 승우를 비껴서며 급정거를 했다.

"이봐, 뒈지려고 환장했어?"

50대의 기사가 악다구니를 썼다. 그 얼굴에 신분증을 디밀었다.

"미안합니다. 여의도의 병원으로 좀!"

조수석에 올라탄 승우는 그 얼굴에 신분증을 디밀었다.

"그 신분증 진짜요?"

어리바리하는 기사에게 승우는 고함으로 맞섰다.

"사람이 죽어요, 빨리 밟아요!"

빠아앙!

다행히 기사는 과속과 신호 위반의 달인이었다. 오래지 않아 승우는 오소영이 입원했다는 병원에 닿았다. 오는 길에 이미 사무실에 연락을 취해 조치를 한 승우. 정신없이 차에서 뛰어내렸다.

"이봐요, 이봐요!"

기사가 뒤에서 승우를 불렀다. 깜박한 택시비를 주려고 지갑을 꺼내는데 뜻밖의 말이 들려왔다.

"덕분에 간만에 스트레스 좀 풀었습니다. 택시비는 필요 없으니까 범인 꼭 잡으세요!"

기사가 손을 흔들었다. 승우는 그대로 안으로 뛰었다.

"오소영 씨!"

한달음에 병실에 뛰어들었다. 침상 옆에는 의사가 대기 중이었다.

"환자를 잠깐 데려간다고요?"

의사의 얼굴은 구겨져 있었다.

"잠깐이면 됩니다."

"검찰조사가 필요하다는 연락은 받았지만 보시다시피 지금 환자의 상태가… 정신은 차렸지만 의식이 없다고 봐야 하는 상태라……."

조사 불가능!

그러니까 데려가지 마!

의사의 말뜻은 그것이었다.

“혹시 골든타임이라고 아시죠?”

“그렇습니다만…….”

“그럼 빨리 이송 준비해요. 시간 놓치면 여럿 죽어요!”

승우의 태도는 단호했다. 막강 권한을 가진 검사의 재촉. 의사는 결국 수락하는 수밖에 없었다.

띠뽀띠뽀!

갈 때는 올 때보다 나았다. 하지만 많이 낫지는 않았다. 앰뷸런스라는 장점은 있었지만 그 밖의 조건은 무법 택시보다 나을 게 없었다.

“아저씨……. 시간 없어요.”

환자 칸에 동승한 민민이 초조하게 흔들렸다.

현재 시간 3시 5분.

투신 시간이 정확하지는 않지만 보도에 따르면 3시 13분. 남은 건 고작 6분이었다.

“중앙선 넘어요, 밟으란 말이야!”

승우가 운전사에게 소리쳤다. 뒤를 돌아본 운전수는 하는 수 없이 중앙선을 넘었다. 한 무리의 차량 행렬을 지나 마포대교에 도착했다.

3시 10분!

"자, 내립시다."

승우는 오소영을 부축해 내렸다. 의지가 없는 소영은 사람 모양의 인형에 지나지 않았다. 무겁고 불편한 인형…….

"아저씨!"

민민은 투신장소 앞에서 재촉을 했다.

3시 11분.

승우는 기사의 도움을 받아 오소영을 등에 업었다.

3시 12분.

마침내 투신장소에 오소영을 세웠다.

"이제 어쩌지?"

그녀의 몸이 도착했다. 넋은 그 자리에 있었다. 교각이 물에 발은 담그는 발목 부분… 거기서 여전히 잡귀들의 다툼 속에 바래지고 있었다.

"육체와 넋이 너무 멀어요."

민민이 소리쳤다. 이미 이탈 현상이 일어나 버린 상황. 자칫 도킹이 빗나가면 영영 비극이 될 판이었다. 119를 불러 밧줄에 매달아 내리면 되겠지만 그럴 시간도 없었다.

결론은 단 하나!

육체가 내려가든지, 넋이 올라오든지.

그러나 넋은 위태롭고 위태롭다. 물 먹은 종잇장 같은 것이다. 잘못 건드리면 그대로 소멸되어 버릴 지영이었다.

"아저씨……."

3시 12분 13초…….

"민민……."

"네?"

"잡귀들 부근에 가서 준비하고 있어."

"어쩌시게요?"

"데려갈게. 하지만 우리에게 주어진 기회는 한 번뿐이야."

"……."

"내가 여자를 넋에 가까운 곳으로 데려가면 네가 잡귀를 떼어내고 제자리로 넣어줘."

"아저씨……."

"준비해, 시간 없다."

"알았어요."

승우는 까웅 깅을 꺼내주었다. 흰 코끼리에 올라탄 민민이 수직으로 하강했다.

'젠장!'

무의식적으로 힐금 돌아보는 승우. 저만치 대기 중인 앰뷸런스가 보였다. 승우가 시도할 수 있는 방법은 단 하나.

동반 투신이었다!

검사가 여자 환자를 안고 한강에서 투신. 이 얼마나 황당한 순간인가?

그러나 검찰청에는 이 못지않게 황당한 일도 많았다. 실제로 처벌이 두려운 피의자들 중에는 검찰청 창문을 깨고 투신하는 사람도 있었다. 수갑까지 찬 채로 말이다. 그리하여 불의의 객이 되기도 했다. 그때부터 경찰이나 검찰청의 창에 쇠창살이 덧붙여진 것이다.

신호등 체계 탓에 잠시 차량 행렬이 멈췄다.

결단을 내린 승우는 앰뷸런스 앞에 있는 기사에게 저 뒤편을 가리켰다.

'뭐?'

기사의 시선이 뒤로 돌아가는 순간, 승우는 교각 위로 오소영을 올려놓았다. 그리고 그 자신 역시 가뜬하게 허공으로 뛰어올랐다. 이때가 3시 12분 38초였다.

여자의 손을 잡고 추락하는 승우.

누가 보면 동반자살에 다름 아니었다.

"민민!"

소리와 함께 승우는 물속으로 곤두박질을 쳤다. 끝 간 데 없이 내려갔지만 승우는, 오소영의 손을 놓지 않았다. 물속에서 그녀를 놓치면 다시 찾을 수 있을지 장담하지 못할 일이었다.

"푸하!"

승우는 필사적으로 부상을 하며 그녀의 몸을 물 밖으로 밀었다. 기회는 단 한 번, 모든 힘을 다하여.

"민민!"

단발마와 함께 민민이 흰 빛을 쏟아냈다. 거푸, 거푸 이어지는 흰 빛. 그게 승우의 눈앞에서 찬란하게 빛났다. 마치 천국에서 보낸 참을 수 없는 색처럼…….

실체와 허상!

둘이 허공에서 마주치는 순간, 그 공간에 울컥 미세한 파동이 일었다. 그다음은 생각나지 않는다. 승우는 다시 물속으로 가라앉고 말았다. 몸을 돌리자 여자가 보였다. 승우는 그녀의 머리카락을 쥐었다. 그리고 또 한 번 수면 위로 올라왔다.

"푸하!"

타타타!

겨우 숨을 돌리자 쾌속 보트의 모터소리가 들렸다. 그 앞에는 반가운 얼굴이 있었다. 차도형이었다.

"검사님!"

차도형이 내민 손에 오소영부터 안겨 주었다. 여자의 팔에서 붉은 반지가 반짝, 햇빛을 받았다. 맥없는 주인에 비해 생생한 붉은색이었다.

"병원으로!"

보트에 올라선 승우는 숨 돌릴 틈도 없이 소리쳤다.

*　　*　　*

오소영은 다시 병실로 돌아왔다.

불행하게도, 상황은 더 나빴다. 오소영, 이제는 눈도 뜨지 못했다. 아까까지는 비록 인형 같더라도 일어나 앉을 수 있었던 그녀. 이젠 식물인간처럼 늘어져 버린 것이다.

"검사님!"

담당의사가 핏대를 올리며 들어섰다.

"……."

"기사에게 얘기 들었습니다. 요즘 검찰은 한강 물 속에서 피의자 조사를 하는 모양이죠?"

그렇잖아도 못 마땅하던 의사, 목에서 가시가 튀어나왔다.

"아, 그게……."

"솔직히 묻고 싶습니다. 당신, 지금 제정신입니까?"

"……."

"나참, 어이가 없어서……."

"……."

"나가주시죠."

의사는 복도를 가리켰다. 단호하고도 단호한 표정이었다.

"흥분하는 건 이해합니다. 하지만 부득이한 일이었고… 곧 제정신이 돌아올 겁니다."

"이 양반이 지금 무슨 소리를 하는 거야? 당신이 무슨 짓을 한 건지나 알아? 나가, 나가라고요!"

의사의 목소리가 더 높아졌다.

작전 상 후퇴?

아니면 검사의 권위로 눌러 버려?

두 가지 패를 저울질할 때 간호사가 빽액 소리를 쳤다.

"선생님, 환자가 말을 해요!"

"……?"

의사가 오소영 곁으로 달려갔다. 당연히, 승우도 그 뒤를 이었다.

"미안… 해……."

오소영의 정신이 돌아왔다. 그녀의 입에서는 분명한 발음이 새어 나오고 있었다.

미… 안… 해!

허둥지둥 상태를 체크하던 의사, 그사이에 오소영은 눈까지 떴다. 그 눈에는 생기가 감돌았다. 아까처럼 지향이 없는 빈 눈이 아니었다.

"이럴 리가 없는데?"

의사는 결국 고개를 갸웃거리고 말았다.

"오소영 씨……."

의료진을 물린 승우가 조용하게 입을 열었다. 오소영은 승우의 목소리를 따라 시선을 맞췄다.

"죽었다 살아난 기분이 어때요?"

"……."

"귀한 목숨 함부로 버리면 돼요? 덕분에 나도 아주 난감할 뻔했습니다."

"당신……."

"검찰청 송승우 검사입니다."

"강물 위에서 봤어요. 그리고… 작고 귀여운 파란 영령……."

"……?"

그녀의 눈이 허공을 더듬었다. 넋으로 있던 그 순간, 그 찰나에 승우와 민민을 본 모양이었다.

"봤군요."

"네… 시리도록 하얀 코끼리도……. 꿈인지 생시인지 잘 모르지만……."

머리카락을 넘기는 여자의 손에서 화각반지가 보였다. 잠시, 그 붉은색이 승우의 시선을 끌었다. 붉은 물결 사이에 새겨진 세 개의 동그라미 문양.

한 자락의 숭고함, 그런 게 엿보였다. 누군가 공을 들며 만든 게 분명했다.

"그런 건 상관없습니다. 하늘이 당신을 살린 거예요. 그 꼬마 민민과 흰 코끼리를 보내서……."

"민민?"

"그 꼬마 이름이에요. 세상에서 제일 착한 아이……."

"제일 착한……."

여자의 눈에서 송글 눈물이 흘러나왔다.

"힘든 일이 있었던 모양이더군요. 하지만 그래도 생명은 소중합니다. 아직 많은 걸 할 수 있는 나이잖아요?"

"……."

여자의 눈이 환자복으로 내려갔다. 그러더니 화들짝 움직였다.

"여기가 모모성 병원…….인가요?"

오소영의 시선이 확 올라왔다.

"그렇습니다만……."

"맙소사!"

짧은 탄식과 함께 여자의 목이 메기 시작했다.

"오소영 씨!"

승우가 불렀지만 여자는 한동안 흐느끼기만 했다. 가냘픈 어깨는 무너지기 일보 직전이다. 무슨 사연일까? 물어보기도, 그냥 나가기도 대략 난감한 순간이었다.

"힘내요. 너무 뻔한 말 같지만……. 다 끝난 것 같지만, 그래도 무엇인가 남아 있는 것. 그게 인생이랍니다."

승우, 긴 생각 끝에 괜찮은 말 한마디를 생각해 냈다. 언젠가 직속상관 오 부장이 살인범 아들을 둔 어머니의 좌절에 바친 위로의 말이었다.

"……."

"명함 한 장 두고 갈 테니 나중에 도움이 필요하면 연락하세요. 몸 잘 추스르시고……."

명함을 내미는 승우의 손을, 여자가 잡았다. 붉은 화각반지의 그 손으로.

"검사님이라고 하셨죠?"

"예……."

"정말… 다 끝난 것 같지만 뭔가가 남아 있는 건가요?"

"예? 예……."

"그래서 제가 죽지 못한 건가요? 아직 할 일이 있어서?"

"그거야 당연하지요."

승우는 조용한 미소로 화답했다.

"그럼 지금 도와주세요, 나중에 말고!"

"……?"

오소영의 시선이 승우의 눈에 꽂혀왔다. 꼭 다문 그녀의 입술은 야무졌다. 헐겁게 풀렸던 삶의 의지를 비로소 단단하게 채운 것 같았다.

"좋아요. 뭘 도와드릴까요?"

승우가 물었다.

"오늘이 며칠이죠?"

"24일입니다만……."

"그럼 6일이 지났군요."

"……?"

"저는 느낄 수 있어요. 검사님이 농담이 아니라는 거… 강물 위 허공에서 삶도 아니고 죽음도 아닌 의식으로 지향 없이 허덕일 때… 수많은 악령들이 제 넋을 찢어가려할 때 보았거든요. 당신이 내 몸을 안고 뛰어내리는 모습……."

"……."

"숭고했어요."

"숭고까지는……."

"그래서 검사님께 마지막 희망을 걸어보기로 했어요. 다리에서 뛰어내리는 건 그 후에도 할 수 있으니까요."

"오소영 씨……."

"살려주세요!"

오소영의 시선이 승우에게 꽂혔다. 하지만 밑도 끝도 없다. 이미 구해주었는데 살려달라니?

"좀 어렵겠지만 꼭 부탁드려요."

"누굴 살려달라는 거죠?"

승우가 물었다. 그러자 오소영, 굳은 시선으로 또렷하게 대답했다.

"당신이 살려야 할 사람은 세 명입니다!"

세 명? 한 명도 아니고 셋?

『빠라끌리또』 7권에 계속…

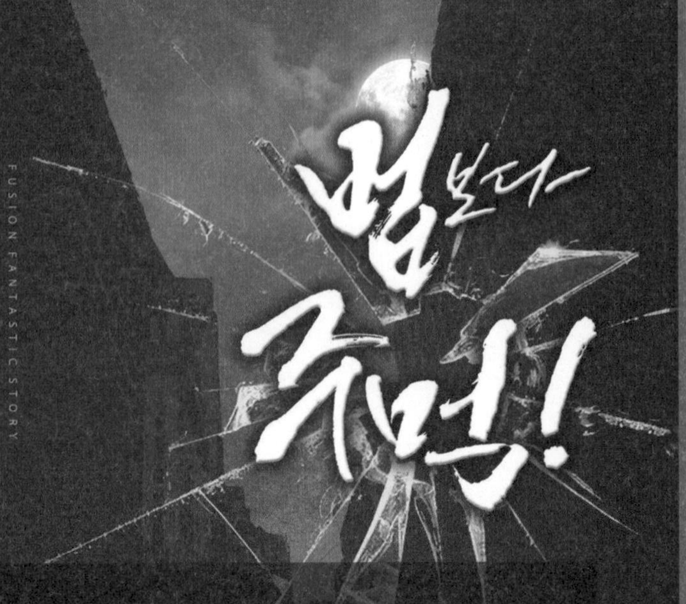
사락함대 장편소설
FUSION FANTASTIC STORY
법보다 주먹!